Verliebt in einen Hitzkopf

AF189046

VERLIEBT IN EINEN HITZKOPF

JOY TYLER IVORY

Herstellung und Verlag:
BoD - Books on Demand, Norderstedt
ISBN: 9783750493193

KAPITEL 1

Für den Ausblick auf die kleine Insel, die sich unaufgeregt ihrer eigenen Schönheit zwar bewusst war, sich aber nicht allzu sehr darum scherte, hätte Ben Adams sterben können.

Er war sich sicher, dass er das Leben auf Chuuk Lagoon nicht abbrechen wollte, auch wenn sein Vater es wünschte. Er war Taucher, kein PR-Fachmann. Auch nicht, wenn sein Vater der Meinung war, dass er seiner Rolle als Juniorchef der Shipwreck Diving Company gerecht werden müsste und seine Zeit als Tauchgruppenleiter zwar ein nettes Hobby, aber keinesfalls eine Lebensaufgabe sei.

Das Tauchschiff *Sea Star* schaukelte leicht vor sich hin. In diesem Teil der Insel gab es kaum Wellengang. Die Lagune schützte ihn davor. Das Meer kam behäbig an den Strand gekrochen, fast ein wenig schüchtern, um dann mit sanften Fingern die oberste Schicht des

Sandes mit sich zu ziehen. Nichts im Leben auf Chuuk Lagoon in Mikronesien war hektisch.

Ben stellte die letzte Tauchflasche in die Halterung der Holzbank und überprüfte noch einmal, ob der Anschluss fest saß. Er war zu gewissenhaft, um irgendetwas dem Zufall zu überlassen. Die Taucher, die kamen, um nach den Wracks vor der Küste zu tauchen, waren zwar keine Anfänger, aber Ben nahm seine Verantwortung für die Tauchgruppen sehr ernst.

Sein Blick schwenkte wieder vom Boot auf das Wasser und blieb am Strand hängen, dessen Palmen sich in einer vom Pazifik aufkommenden Brise leicht neigten, als winkten sie ihm zu und forderten ihn auf, an Land zu kommen. Sein Magen krampfte sich für einen Moment zusammen, nicht unangenehm, sondern überwältigt von dem Kontrast des tiefblauen Himmels und der Helle des Strandes, an dem er in den letzten Monaten zwischen den Tauchfahrten so oft wie möglich seine Zeit verbrachte. Manchmal saß er einfach nur stundenlang im Sand und betrachtete die schwachen Kräuselwellen, die das Meer liebevoll vor sich her ans Festland schob, wie eine Mutter, die mit leichtem Druck ihr Kind in die richtige Richtung schubsen wollte.

Er kletterte die steile Treppe unter Deck, wo er eine Flasche Wasser aus der Kühlbox nahm. Er setzte sich auf die unterste Stufe, legte sich die Liste mit den Buchungen auf die Knie und blätterte sie durch, während er hin und wieder einen Schluck aus der Flasche nahm. Die Temperaturen auf dem Atoll schwankten zwar das ganze Jahr kaum, dennoch kamen in der trockenen Zeit von Dezember bis April die meisten Taucher.

Die Shipwreck Diving Company aus Florida war 1988 von seinem Vater gegründet worden, nachdem der die Navy Seals verlassen hatte. Sein Leben als Kampfschwimmer, der in den gefährlichsten Regionen der Welt zum Einsatz kam, hatte ihn hart gegen sich und andere gemacht. Diese Eigenschaft, die ihn als Vater disqualifizierte, war für sein Geschäft genau die richtige Mischung aus Zielstrebigkeit und Taktik. So konnte er bereits 1995 auf neun Filialen blicken, die sich bis zum Jahr 2020 fast vervierfacht hatten.

Ben tauchte seit seinem zehnten Lebensjahr, aber auch nur, weil seine Mutter sich durchgesetzt und seinem Vater verboten hatte, ihn früher mitzunehmen. Eliza Adams war ebenfalls ein *verdammt harter Hund* und stand ihrem Mann in keiner Weise nach. Als Mitglied der US Navy hatte sie Buster Adams 1986 auf dem Schiff kennengelernt, welches die Seals zurück in die USA brachte. Sie führte die Familie mit liebevoller Strenge und unbeirrbaren Werten. Ben liebte sie sehr.

Er legte die Papiere vor sich auf den Boden und schloss die Augen. Die Kontaktlinsen ließen seine Augen brennen, nicht wirklich schmerzhaft, aber stark genug, ihn daran zu erinnern, sie bei der nächsten Gelegenheit herauszunehmen und wieder seine Brille anzuziehen. Er horchte in sein Innerstes und spürte nichts anderes als Zufriedenheit und Ruhe. Unendliche Ruhe. Vielleicht war er sogar kurz eingenickt, nachdem er seinen Kopf an das Geländer des Treppenaufgangs gelehnt hatte. Er zuckte zusammen, als das Funkgerät des Bootes plötzlich rauschte, und stieß sich den Kopf unsanft am Treppenpfosten.

»Ben, bist du da?«, fragte die nasale Stimme, die zu Alisha im Büro gehörte.

Er erhob sich und rieb sich die schmerzhafte Stelle an seiner Stirn. Eine blonde Strähne löste sich aus seinem nach hinten gestrichenen Haar und kitzelte ihn am Auge. Ben pustete sie weg.

»Alisha, was gibt's?«, fragte er, nachdem er die Sprechtaste am Mikrofon gedrückt hatte.

»Wann kommst du zurück?«, beantwortete sie seine Frage mit einer Gegenfrage. Das machte sie gern und oft.

»In einer Stunde. Vielleicht«, antwortete er ausweichend. Er wäre mit dem Motorboot, mit dem sie zum Tauchschiff übersetzten, noch gerne zur Lagune gefahren, um dort am Strand zu sitzen.

»Komm am besten sofort«, sagte Alisha. »Dein Vater ist hier.«

»Er sitzt nebenan im Aufenthaltsraum«, sagte Alisha leise und deutete mit dem Kopf in Richtung der Lamellentür, als Ben zwanzig Minuten später hereinkam.

Das Büro der Shipwreck Diving Company hatten sie von einem lokalen Händler übernommen, der hier Seefisch verkaufte. Der Geruch hing selbst Monate später noch in der Luft und Ben bezweifelte, dass er sich jemals ganz verflüchtigen würde. Allerdings störte das niemanden. Ben nickte nur, atmete tief ein und stieß die Tür auf.

Buster Adams stand am Fenster, dessen Rollo zum Schutz gegen die Nachmittagssonne fast ganz heruntergelassen war. Die Strahlen, die sich durch den Schlitz in den Raum schlichen, ließen ahnen, wie staubig die Scheibe war. Er hatte seine Hände in die Taschen seiner Cargohose vergraben und sah aus, als würde er hinter dem Rollo dem Treiben auf der sandigen Straße folgen, welches er so unmöglich sehen konnte, abgesehen davon, dass die Straße nicht nur um diese Zeit fast ausgestorben war. Ben kannte seinen Vater zu gut, um hinter dieser Pose keine Inszenierung zu vermuten.

»Gut, du bist da«, sagte Buster Adams, ohne sich umzudrehen.

In dieser abgewandten Position redete er auch mit seinen Angestellten. Das hatte Ben schon dutzendfach beobachten können. Ihm kamen Filme in den Sinn, in denen Geschäftsmagnaten ihre Überlegenheit ebenso demonstrierten, indem sie mit ihren Angestellten sprachen, während sie ihnen den Rücken zukehrten. Ben erwiderte nichts, was seinen Vater schließlich veranlasste, sich umzudrehen.

Buster war eine ältere Version seines Sohnes. Eliza Adams' Gene hatten offensichtlich nichts zum Äußeren ihres Sohnes beigetragen. Er war genauso groß, genauso blond und ebenso braunäugig wie sein Vater. Nur die Falten in Busters Augen- und Mundwinkeln verrieten, dass zwischen ihm und seinem Sohn dreißig Jahre lagen. Jedoch waren die beiden in ihrem Wesen so unterschiedlich, wie zwei Menschen sein konnten. Ben hatte die Ruhe, das Gerechtigkeitsgefühl und die Bodenständigkeit seiner Mutter geerbt. Nicht das erste Mal kam ihm in den Sinn, dass er somit das Beste beider Welten in die Wiege gelegt bekommen hatte. Allerdings machte es den Umgang zwischen ihnen immer schwierig. Was zwischen seinen Eltern seit über dreißig Jahren funktionierte, führte zwischen Vater und Sohn zu andauernden Spannungen.

»Dad, was willst du hier?«, fragte Ben und schloss die Tür hinter sich.

Er sah, wie sich Alisha so weit nach vorne gebeugt hatte, dass ihr Oberkörper flach auf der Schreibtischplatte lag, damit sie nichts verpasste. Sie zog sich zurück und hatte wenigstens den Anstand zu erröten.

»Wenn du nicht freiwillig zurückkommst, muss ich eben zu dir kommen«, erwiderte Buster, der einen klapprigen Stuhl heranzog und sich setzte.

»Darüber haben wir gesprochen. Mir gefällt es hier. PR ist nichts für mich, und das weißt du auch. Dafür solltest du genug andere Bewerber finden, die sich um diesen Job reißen würden.«

Buster hob die rechte Hand und wehrte Bens Worte ab, als wolle er lästige Fliegen verscheuchen.

»Das habe ich verstanden. Du hast es auf jeden Fall sehr deutlich gemacht, als du bei Nacht und Nebel verschwunden bist.«

»Was hatte ich denn für eine Wahl, so wie du mir

zugesetzt hast?«, fragte Ben und ärgerte sich im selben Moment über sich. Übrigens nicht zum ersten Mal. Er hätte die Firma und den Bann seines Vaters bereits längst hinter sich lassen können. War es Feigheit? Ben hatte das beunruhigende Gefühl, dass es genau das war.

»Eine Wahl hat man immer«, schlug sein Vater auch sofort in diese Kerbe. »Die könnte sich aber schnell als unbequem erweisen, was mein werter Herr Sohn auch weiß. Sonst hätte er schon längst das Weite gesucht. Mit allen Konsequenzen«, bekräftigte er noch.

Ben schwieg. Er wollte sich nicht in eine Lage manövrieren, aus der er so schnell nicht mehr herauskäme.

»Ich will auch etwas anderes von dir«, sagte sein Vater, der es offenbar ebenfalls auf sich beruhen lassen wollte, was ungewöhnlich war. »Ich möchte, dass du nach Maryland fährst.«

Ben versuchte, eine Verbindung zwischen seiner Familie und Maryland herzustellen, das gelang ihm aber nicht. Er war sich sicher, noch nie dort gewesen zu sein.

»Um was zu tun?«, fragte er daher. Es war zwar nicht die originellste Antwort, aber sie musste genügen.

»Wir haben Unregelmäßigkeiten an der Chesapeake Bay«, erwiderte sein Vater. »Eigentlich müssten sie wesentlich bessere Umsätze machen. Die Gegend ist ein Eldorado für Wracktaucher.«

Natürlich, Maryland an der Ostküste. Sie hatten 2019 dort eine Zweigstelle eröffnet. Ben hatte sich schon damals nicht vorstellen können, in einer Gegend zu tauchen, in der Sonnenschein und Wärme nicht zum Pflichtprogramm eines Tages gehörten. Es befriedigte ihn, seine Ahnung bestätigt zu bekommen.

»Was soll ich daran ändern?«, fragte er. »Ich dachte, du hättest eingesehen, dass Öffentlichkeitsarbeit nichts für mich ist.«

»An der liegt es nicht, das ist sicher. Wir sind nicht die einzige Firma dort, die Wracktauchen anbietet. Aber die Marktanalyse ergab, dass durchaus noch Kapazitäten für eine weitere Firma vorhanden waren. Trotzdem sind die Umsätze schlecht. Außerdem macht mich ihre Buchführung misstrauisch. Ich will wissen, was da los ist.«

»Du meinst, jemand betrügt?«, fragte Ben jetzt doch interessiert und setzte sich nun ebenfalls.

»Ich vermute es, kann es aber nicht beweisen. Ich würde es selbst kontrollieren, aber ich möchte jemanden dorthin schicken, der vom Alter zu den Angestellten passt und daher eher etwas herausfinden kann.«

Ben prüfte seine innere Haltung und stellte fest, dass er nicht die geringste Lust hatte, den Bluthund seines Vaters zu spielen.

»Dann schließ sie doch einfach. Damit hätte sich das Problem erledigt«, sagte er dann.

»Ich werde die Filiale hier auf Chuuk Lagoon schließen, wenn du dich weigerst, mir zu helfen«, erwiderte Buster Adams. Das Ganze sagte er, ohne seine Stimme nur im Geringsten zu erheben. Ben dachte an Alisha und ihren Bruder Alamo. Beide waren letztes Jahr aus den USA hierhergekommen, als sein Vater die Filiale eröffnet hatte. Jobs auf den Tauchschiffen waren sehr begehrt und schwer zu bekommen. Ben bezweifelte, dass sie bei Verlust ihres Jobs weiterhin hier für ihren Lebensunterhalt sorgen konnten. Sie würden zurück in die Staaten müssen, was ihnen sicher das Herz bräche.

»Ich mache es«, sagte er, konnte aber nicht verhindern, mürrisch zu klingen. Wahrscheinlich war es seinem Vater sowieso egal. »Was soll ich tun?«

KAPITEL 2

»Ernsthaft, Nancy? Einen G-String?«, fragte Toni Halliday, als sie das Seidenpapier der roten Schachtel mit den weißen Herzmotiven beiseiteschlug.

»Ich dachte, das wäre das richtige Outfit für ein Date mit Brad«, erwiderte Nancy und saugte angestrengt ein Stück Ananas aus ihrem Cocktail. Es passte gerade so durch den Strohhalm. Toni sah, wie es sich stückweise nach oben schob, um schließlich im Mund von Nancy zu verschwinden.

Toni schloss schnell wieder den Deckel der Schachtel und schaute in den Raum, in dessen Mitte sich drei ihrer Kollegen der Shipwreck Diving Company zu den letzten Klängen von *Uptown Girl* hin- und herwiegten, die Köpfe und Hände nach oben gestreckt. Es sah nicht nach Tanzen aus, aber der Abend war bereits fortgeschritten und der Alkoholgehalt der Cocktails, die Brad am improvisierten Bartresen der

Empfangstheke der Shipwreck Diving Company mixte, hatte von Mal zu Mal zugenommen. Toni wusste, dass Brad das Geschenk von seinem Platz aus nicht sehen konnte, fühlte sich aber trotzdem ertappt.

»Ich weiß noch gar nicht, ob ich mit ihm ausgehe«, sagte sie und hob den Deckel wieder ein kleines Stück an, um sich Nancys Geschenk noch mal anzusehen. Zarte Spitze mit frechen Fransen. Hübsch. Sexy. Aber eindeutig nichts für sie.

»Solltest du aber. Er steht auf dich. Das wissen alle hier. Auch wenn keiner mit dir darüber redet, heißt es nicht, dass sie es nicht mit mir tun.«

Nancy griff in die Tüte Chips, die neben ihr auf dem Tisch lag, stopfte sich eine Handvoll davon in den Mund und wischte fast zeitgleich Krümel von ihrem schwarzen Rock. Chips waren Nancys große Schwäche und sicher mit einer der Gründe, warum sie sich Mühe gab, ihre Hüften zu kaschieren. Das jedoch gelang ihr gut. Nancy war Schneiderin und führte einen kleinen Laden an der Main Street, in dem sie ihre eigenen Kreationen verkaufte. Das Geschäft brachte ihr ein kleines, aber zufriedenstellendes Einkommen, das es ihr ermöglichte, ihren Traum zu leben und auf ihre Entdeckung durch einen großen Designer zu hoffen.

»So etwas kann ich nicht tragen«, sagte Toni und hoffte, damit von Brad ablenken zu können. Die Beziehung, die noch gar nicht richtig begonnen hatte, war verzwickt. Zumindest was sie anging.

»Komm mir nicht so«, erwiderte Nancy, aber sie

klang liebevoll. »Du hast eine wunderbare Figur. Das Ding wird dir hervorragend stehen.«

»Es wird auch meiner Zellulitis toll stehen«, entgegnete Toni. »Außerdem finde ich, dass so etwas nur große Frauen mit langen Beinen tragen können, ohne sich dabei lächerlich zu machen.«

Als Riese konnte man sie mit ihren 164 Zentimetern kaum bezeichnen. Ihre Größe hatte sie von ihrer Mutter geerbt, ebenso die schokoladenbraunen Haare. Die dunkelblauen, leicht schräg stehenden Augen von ihrem Vater. Toni war froh, dass es an ihr etwas gab, was sie an ihre Eltern erinnerte, wenn sie in den Spiegel blickte. Beide waren 2018 bei einem Autounfall ums Leben gekommen.

Nancy schnaubte kurz, was sowohl Zustimmung als auch Missfallen bedeuten konnte. Toni kannte sie noch nicht lange genug, um ihre Reaktionen immer richtig beurteilen zu können. Dennoch hatte sie in dem Moment, als sie sie vor sieben Monaten in einem Coffeeshop in der Jefferson Street kennenlernte, gewusst, dass Nancy ihre Freundin werden würde.

»Aber ich freue mich, es ist ein tolles Geschenk«, sagte Toni schnell. »So edel. Viel zu teuer für mich. Daher hast du recht. Wie kann ich sagen, dass es mir nicht steht, wenn ich es noch nie probiert habe.«

Sie fischte eine Erdnuss aus der Schale zwischen ihnen auf dem Tisch, der übersät war mit Stücken von Pizza, Resten von Käsestangen und Chipskrümeln. Irgendwann hatte sie einen ihrer Sneaker verloren, nachdem sie mehrmals aufstehen musste, um sich bei ihren Kollegen für die Geburtstagswünsche zu bedanken. Sie würde nach ihm suchen müssen, wenn sich ihre Welt nicht mehr ganz so stark drehte. Toni beschloss, es mit den Cocktails für heute Abend gut sein zu lassen und dafür lieber etwas zu essen.

Nancy hatte eine Krone aus Goldpapier gebastelt und darauf bestanden, dass sie diese als Party-Prinzessin auf ihrer Geburtstagsfeier trug. Sie hatte ihr in den letzten Monaten so viel geholfen, Toni konnte ihr das unmöglich abschlagen. Wenn sie sich damit auch wie ein Trottel vorkam, war diese Sorge spätestens in dem Augenblick vorbei, als sie zu weinen begann. Der Grund für ihre Tränen waren die berührenden Worte ihrer Kollegin Shirley gewesen. Sie hatte gesagt, wie froh sie alle seien, Toni als Chefin zu haben, und dass sie hofften, sie würden noch lange als Team zusammenarbeiten. Ihr Make-up war wahrscheinlich ruiniert nach ihrem kurzen, aber intensiven Heulanfall. Da kam es auf eine Papierkrone nicht mehr an.

»Gehst du nun mit Brad aus?«

Nancy hatte offenbar entschieden, die Diskussion über Tonis körperliche Eignung für einen G-String entweder aufzugeben oder zu verschieben. Sie saugte wieder an ihrem Strohhalm, obwohl ihr Glas längst leer war.

»Er hat mich gefragt, das stimmt«, sagte Toni. Sie angelte nach einer weiteren Erdnuss. »Aber ich weiß nicht.«

Männer wie Brad Hampton flößten ihr immer ein wenig Angst ein. Er sah gut aus mit seinen langen, nach hinten gebundenen Rastazöpfen, den dunklen, fast schwarzen Augen und dem Grübchen am Kinn. Er benahm sich zwar nicht wie ein Mann, der dauernd Frauen abschleppte, dennoch liebten die Kundinnen ihn auf Anhieb, wenn sie mit ihm zu einem Tauchgang aufbrachen. Er hatte eine Art, als ob ihm nichts in der Welt wichtiger erschiene als die Frau, mit der er gerade sprach. Auch Toni hatte das von Anfang an gespürt, als sie die Leitung des Teams übernahm, das ambitionierten Tauchern die Gelegenheit bot, in der Chesapeake Bay nach Wracks zu tauchen, die im Laufe der Jahrhunderte dort untergegangen waren. Obwohl unter ihren Kunden haufenweise sportliche, braun gebrannte Frauen waren, deren Lachen immer eine Reihe blendend weißer Zähne freigab und die so frei und unabhängig zu sein schienen wie Brad, hatte er nie einen Hehl daraus gemacht, dass er Toni mochte.

»Du solltest deine Bedenken einfach mal über Bord werfen«, sagte Nancy, der es anscheinend nicht auffiel, damit eine äußerst passende Metapher bemüht zu haben. »Du kannst den Menschen nicht ewig misstrauen. Nicht jeder will dich übers Ohr hauen. Doch, genau das denkst du«, bekräftigte sie, als Toni sie unterbrechen wollte.

»Wahrscheinlich hast du recht«, lenkte Toni ein.

Eine Diskussion dieser Art führte sie nicht das erste Mal mit Nancy. Aber musste die ausgerechnet an einem Abend nach gefühlt zehn Cocktails stattfinden, an dem sie nicht mehr in der Lage war, vernünftig zu argumentieren? Sie beobachtete das Treiben im Raum und hoffte, dass einer ihrer Geburtstagsgäste zu ihnen herüberkäme, um mit ihr zu plaudern. Diese waren jedoch mit sich selbst und dem allgegenwärtigen Song von Soft Cell, *Tainted Love,* beschäftigt. Paul hatte angefangen zu singen und Kelly und Stacey dazu animiert, es ihm gleichzutun. Ihr Gesang war nicht schön, aber laut und lebensfroh. Toni lächelte instinktiv. Nach nur sieben Monaten hatte sie ihren Job als Teamleiterin und ihre Mitarbeiter bereits liebgewonnen. War es nicht wirklich wieder an der Zeit, anderen Menschen ein wenig mehr Vertrauen zu schenken?

»Das hier sind deine Freunde«, sagte Nancy, als hätte sie ihre Gedanken gelesen. »Ich bin deine Freundin. Also gestatte es dir, wieder mal ein wenig Spaß in deinem Leben zu haben.«

»Du meinst, mich nicht daran zu stören, dass ich zwar einen Haufen Schulden, dafür aber wenigstens noch einen Koffer mit Klamotten mein Eigen nenne?«, fragte Toni und merkte, wie sarkastisch es klang. »Ach ja, und meiner Freundin auf der Tasche liege.«

»Rede nicht so einen Unsinn«, erwiderte Nancy. »Du liegst mir nicht auf der Tasche. Du wohnst lediglich im Gästezimmer. Du beteiligst dich am Essen und an den Nebenkosten und machst deinen Anteil an Hausarbeit.«

Das stimmte soweit, aber Toni konnte noch nicht vergessen, wie nah sie letzten August daran gewesen war, im Büro der Shipwreck Diving Company übernachten zu müssen, da sie zwar mit vielen Ambitionen nach Maryland gekommen war, aber nicht mit dem nötigen Geld, um ihren Lebensunterhalt selbst zu bestreiten. Die ersten beiden Nächte in Fine Falls hatte sie in einem billigen Motel an der Broad Street geschlafen, dessen einziger Lichtblick die Leuchtreklame an der Straße war. Nancy kennenzulernen war ein Glücksfall gewesen, für den sie immer dankbar sein würde. Bereits nach der ersten Tasse Kaffee war Toni mit ihrer kompletten Lebensgeschichte fertig gewesen, wofür sie sich heute immer noch etwas schämte, weil sie wusste, wie bedürftig sie in diesem Augenblick erschienen sein musste. Schon zwei Stunden nach dem gemeinsamen Mittagessen hatte sie das Motel ohne Bedauern mit ihrem einzigen Koffer verlassen, obwohl sie für die folgende Nacht bereits bezahlt hatte. Ja, Menschen wie Nancy gab es nicht viele.

»Erde an Toni«, riss Nancy sie aus ihren Überlegungen. »Heute Abend ist nicht der Zeitpunkt, Trübsal zu blasen. Es ist dein Geburtstag. Zeig deinen Sorgen den Finger und hab mal etwas Spaß.«

»Vielleicht habe ich es verlernt, Spaß zu haben«, entgegnete Toni, lachte aber dabei. Doch, sie konnte sich daran erinnern, auch Spaß in ihrem Leben gehabt zu haben.

»Ich schlage vor, du suchst erst deinen Schuh und mischst dich dann unter das Volk«, sagte Nancy und rührte bedauernd mit dem Strohhalm in ihrem leeren Glas. »Ich bin sicher, dass Brad mit dir tanzen wird. Tanzen ist schließlich noch kein Date. Du bist die Gastgeberin, da hast du jedes Recht der Welt, mit deinen

Gästen zu tanzen, ohne dass sie direkt eine Anmache vermuten.«

Toni stand auf und ging auf die Knie, um unter dem Tisch nach ihrem Schuh zu suchen. Sie stellte zufrieden fest, dass das Schwindelgefühl sich wieder verzogen hatte. Sie beugte sich hinunter und zog den Sneaker unter einem Knäuel Luftschlangen hervor. Heute war ein guter Tag, um den Rest ihres Lebens neu zu gestalten. Es wäre wahrscheinlich nicht die schlechteste Entscheidung, das mit Brad zu tun. Sie krabbelte zurück, den Schuh in der Hand, und hob den Kopf über die Tischkante. Ihre schulterlangen Haare waren ihr ins Gesicht gefallen und ihre Krone nach vorne gerutscht, daher erkannte sie zu spät, dass Brad auf dem Weg zu ihnen war. Mist, sie wollte doch vorher noch ihr Make-up überprüfen.

»Keine Sorge, du siehst fantastisch aus«, flüsterte Nancy ihr zu, als sie sich erhob, um zu den anderen zu gehen.

Toni hätte ihr das gerne geglaubt, allerdings machte sie sich keine Illusionen. Auch kleinste Mengen Alkohol brachten ihr Gesicht zum Glühen, obwohl ihre Haut selbst in den Wintermonaten braun gebrannt aussah. Außerdem musste sie nach ihrer Heulattacke vorhin um die Augen herum vollkommen verschmiert sein. Jetzt war es allerdings zu spät, daran noch etwas zu ändern.

»Du brauchst dich vor mir nicht unter dem Tisch zu verstecken«, sagte Brad. »Schließlich bist du auf deiner eigenen Party.«

Was Toni an Brad mochte, war gleichzeitig auch das, was sie am meisten verunsicherte. Sie fühlte sich von ihm immer ein bisschen auf den Arm genommen, obwohl sie seine Art, Dinge einfach auszusprechen, wohltuend fand.

»Ich habe meinen Schuh gesucht«, antwortete sie überflüssigerweise, da sie das Ergebnis ihrer Suche in der Hand hielt. Sie hob das Bein und versuchte, den Sneaker wieder über ihren Fuß zu ziehen. Leider hatte sie vergessen, dass es sich in ihrem Kopf zwar nicht mehr drehte, sie aber trotzdem keinesfalls nüchtern war. Sie verlor beinahe das Gleichgewicht, konnte sich aber noch rechtzeitig mit der Hand auf der Tischplatte abstützen. Angewidert blickte sie auf das Stück Pizza, das nun an ihrer Handinnenseite klebte. Sie schüttelte es ab und zog eine Serviette aus dem Spender. Vielleicht sollte sie sich lieber setzen. Ihr fiel auf, dass Brad keine Anstalten gemacht hatte, sie aufzufangen. Er stand da, die Hände tief in die Taschen seiner Jeans vergraben, und beobachtete sie ruhig.

»Was Schönes geschenkt bekommen?«, fragte er und zeigte mit dem Kopf auf Nancys rotes Paket mit den weißen Herzen.

»Von Nancy«, antwortete sie knapp und betete insgeheim, er würde es nicht genauer wissen wollen. Allein der Gedanke, vor ihm die Reizwäsche auspacken zu müssen, ließ sie noch zusätzlich erröten. Wie gut, dass die Cocktails bereits dafür gesorgt hatten. Aber Brad schien das Interesse daran bereits verloren zu haben. Er wippte auf seinen Schuhspitzen und blickte über ihren

Kopf hinweg auf die andere Seite des Raumes, wo Shirley mit Kelly ausgelassen tanzte.

»Erinnert mich an frühere wilde Partys«, sagte er dann. »In Thailand. Habe ich dir schon mal von meiner Zeit dort erzählt?«

»Nur kurz«, erwiderte Toni.

Das stimmte nicht. Brad hatte ihr auf der Weihnachtsfeier lang und breit davon berichtet. Anscheinend erinnerte er sich nicht mehr daran. Das war jedoch nicht schlimm. Toni hätte sich selbst die langweiligste Geschichte noch einmal angehört, wenn sie ihn damit von dem Inhalt des Geschenkkartons ablenken konnte.

»Muss ich dir irgendwann erzählen«, sagte er. »Wenn es mal etwas ruhiger ist.«

Brad drehte sich um zur Tanzfläche. Er wippte dabei immer noch auf den Fußspitzen und nahm den Takt der Musik auf.

»Möchtest du tanzen?«, fragte er.

»Besser nicht«, antwortete Toni. »Du hast ja gesehen, was mir gerade beim Schuhanziehen passiert ist. Vielleicht habe ich wirklich zu viel getrunken. Du könntest dich zu mir setzen und wir unterhalten uns ein bisschen.«

»Gerne«, erwiderte er und ließ sich auf der anderen Seite des Tisches nieder, wo vorher Nancy gesessen hatte.

Toni war einen Augenblick lang enttäuscht. Neben ihr wäre ebenfalls ein Platz frei gewesen. Sie hätte es schön gefunden, in seiner Nähe zu sitzen. Aber solange sie nicht sicher war, wie ihre Wimperntusche aussah, schien es besser zu sein, Brad in sicherer Entfernung zu wissen. Der Raum wurde nur durch ein paar Kerzen und eine Handvoll Papierlaternen beleuchtet. Vielleicht sah man daher nicht allzu viel von ihrem Gesicht. Brad lehnte sich zurück und verschränkte die Arme hinter dem Kopf. Wenn er im Small Talk genauso gut war wie sie, könnte es noch eine lange Nacht werden.

»Es war bei uns die letzten Wochen nicht viel los«, sagte sie.

Eigentlich wollte sie nicht von der Arbeit anfangen, aber ihr fiel auf die Schnelle kein anderes Thema ein.

»Weiß nicht. Habe bis jetzt immer nur in richtigen Touristenhochburgen gearbeitet. Tauchschulen, Haitauchen, solche Sachen. Da hatten wir immer gut zu tun. Das Wracktauchen ist neu für mich. Für das Klima hier im Osten haben wir eine gute Quote, finde ich.«

Die Shipwreck Diving Company hatte zwei Stützpunkte an der Chesapeake Bay sowie ein Geschäft für Tauchzubehör in der Straße am Hafen. In den Wintermonaten gaben sie in einem der Schwimmbäder von Fine Falls Tauchunterricht. Brad arbeitete mit Kelly in einer Schicht. Kelly war eine stabile Mittzwanzigerin mit Stoppelhaarschnitt, die einen hündisch verehrenden Blick aufsetzte, wenn Brad sie anlächelte. Cindy und Stacey hatten ebenfalls ein Faible für ihn. Das hatte Toni von Shirley erfahren, die im Büro in Fine Falls Toni dabei unterstützte, den Papierkram zu erledigen.

»Vielleicht wird es ja besser«, sagte Toni und zog die Papierkrone von ihrem Kopf, da sie ihr immer in die

Stirn rutschte. Sie war durch das Hängenbleiben an der Tischkante aus der Form geraten. Wie schwer es doch war, ein Gespräch mit einem Mann in Gang zu halten, den man beeindrucken wollte.

»Was hast du denn vorher so gemacht?«, fragte Brad, als er sich einen weiteren Stuhl heranzog, um seine Füße daraufzulegen.

»So dies und das«, antwortete Toni ausweichend.

Mit Fremden über ihre Vergangenheit zu sprechen, fiel ihr immer noch schwer. Brad hatte nicht das an sich, was ihr bei Nancy geholfen hatte, das Herz auszuschütten.

Eigentlich war ihr großer Traum Forschungstaucherin gewesen, sie scheiterte jedoch an den harten Auswahlkriterien. Daher hatte sie 2015 angefangen, an der Universität von East Carolina Maritime Archäologie zu studieren. Der Traum zerplatzte jedoch vier Jahre später, als sie die Studiengebühren nicht mehr bezahlen konnte. Der Autounfall ihrer Eltern bedeutete zwar die größte Katastrophe in ihrem Leben, dennoch hätte deren Erbe ihre Ausbildung gesichert. Wenn sie nur nicht so dumm gewesen wäre, auf falsche Versprechungen und hochfliegende Pläne hereinzufallen. Toni konnte heute nicht mehr begreifen, so verblendet gewesen zu sein. Aber es war eine Zeit, in der sie äußerst verletzlich gewesen war und nach etwas suchte, was ihr Halt und Perspektive bot.

»Du hast auch keine Lust, dich für den Rest deines Lebens festzulegen, richtig?«, fragte Brad.

Am liebsten hätte sie ihm gesagt, dass sie nichts

lieber gewollt hatte, als sich festzulegen. Die Voraussetzungen waren da gewesen. Nur durch ihre Vertrauensseligkeit hatte sie diese erbarmungslos zerstört. Allerdings war das kein Thema für eine feuchtfröhliche Geburtstagsparty.

»Stimmt«, erwiderte sie daher nur und lächelte Brad über den Tisch hinweg an.

Zum Teufel mit ihrer sicher verwischten Wimperntusche. Brad war hier und zeigte Interesse an ihr. Er hatte offenbar keine hochfliegenden Pläne, die nichts anderes als Geld kosten würden. Sie sollte ihr Misstrauen ablegen und wieder anfangen, das Leben zu genießen. So jämmerlich ihr Kontostand auch war.

»Hauptsache, ich kann tauchen«, sagte sie. »Das wollte ich immer. Meine Eltern haben es mir beigebracht.«

»Waren sie Hobbytaucher?«, fragte Brad und fischte sich eine Käsestange vom Tisch. Er steckte sie in den Mund und verzog das Gesicht. Nancy hatte vorhin etwas von ihrem Cocktail verschüttet und sie wahrscheinlich darin ertränkt. Toni erinnerte sich daran, dass Brad ihr bei der Weihnachtsfeier erzählt hatte, dass er nicht trank. Der Geschmack von Alkohol im Essen musste eklig für ihn sein.

»Ja«, antwortete sie einsilbig.

Sie hatte keine Lust, viel über ihre Eltern zu reden. Das hätte weitere schmerzhafte Erinnerungen in ihr hochgespült. Jedoch würde sie nie den Tauchurlaub in der Karibik vergessen. Sie war bereits 22 Jahre gewesen, hätte aber nie einen gemeinsamen Urlaub mit ihren

Eltern verpassen wollen. Die Erinnerung an die Lebensfreude ihrer Mutter und die Güte ihres Vaters ließen ihr die Tränen in die Augen steigen. Auch jetzt noch, nach fast zwei Jahren seit ihrem Tod.

»Meine Eltern haben mit Tauchen nichts am Hut«, holte Brad sie wieder in die Gegenwart zurück. »Erst recht nicht mit der Idee, damit den Lebensunterhalt zu bestreiten. Ich sollte Wirtschaft studieren, kannst du dir das vorstellen?«

Toni musterte seine Rastazöpfe mit den Perlen in den Spitzen und das verwaschene Baumwollhemd mit dem Batikmuster. Nein, das konnte sie wahrhaftig nicht. Sie schüttelte den Kopf.

»Kannst dir denken, wie begeistert sie waren, als ich mit 20 Jahren nach Thailand abgedampft bin, um irgendwelchen gelangweilten Touristen in Phuket das Tauchen beizubringen. Haben immer gehofft, das wäre eine Phase. Selbstfindung, weißt du.«

»Eltern halt«, erwiderte Toni wenig originell.

Sie stellte sich Brads Eltern als spießige Vorstädter vor, die Plastikbezüge auf der Couch hatten und jeden Sonntag zur Kirche gingen, damit die Gemeinde nicht über sie redete. Ein Sohn wie Brad passte da sicher nicht in ihren Plan.

Von irgendwoher kam ein Luftzug. Kalt, aber nicht unangenehm. Da sie den ganzen Abend noch kein Fenster geöffnet hatten, merkte Toni, wie sehr sie die frische Luft genoss. Um diese Jahreszeit konnten die Temperaturen nachts ohne Weiteres noch auf fünf

Grad absinken. Wahrscheinlich hatte das einer ihrer Gäste ebenso gesehen und für Durchzug gesorgt.

Dass etwas nicht in Ordnung war, merkte sie erst, als die Musik plötzlich ausgeschaltet wurde. Von einem Moment der Fröhlichkeit abrupt in komplette Stille versetzt zu werden, irritierte sie. Sie hörte jemanden reden, konnte aber nicht verstehen, was dieser Jemand sagte. Toni besann sich auf ihre Pflichten als Gastgeberin und erhob sich, um nachzusehen, was oder wer für die Störung ihrer Party verantwortlich sein könnte. Sie ging ein paar Schritte und versuchte dabei, ihren Schuh durch Drehen ihres Fußes wieder an den richtigen Platz zu schieben.

An der Bar, die eigentlich ihre Empfangstheke war, stand ein hoch gewachsener Mann mit Brille und blondem Haar, von dem ihm eine Strähne in die Stirn fiel und ihm so einen verwegenen Ausdruck verlieh.

»Ein Stripper«, rief Cindy aus einer Ecke. »Mensch, Toni, damit haben wir wirklich nicht gerechnet.«

Die Mädels der Shipwreck Diving Company drängten sich nach vorne. Toni rechnete jeden Augenblick damit, dass sie ihn befühlten, um zu testen, was sich unter dem teuer wirkenden Anzug und dem Leinenhemd befand. Toni hatte keinen Stripper bestellt, aber für Nancy würde sie ihre Hand nicht ins Feuer legen. Sie blickte rüber zum Empfangstresen, hinter dem diese gerade mit einem neuen Cocktail hervortrat. Nancy jedoch zuckte mit den Schultern. Also war dieser Mann allen Anwesenden unbekannt.

Sie richtete sich zu ihrer vollen Größe auf und trat weiter nach vorne.

»Kann ich Ihnen helfen?«, fragte sie.

Der blonde Hüne blickte sie an und seine Stirn verzog sich zu ärgerlichen Falten. Waren sie zu laut gewesen? Aber in diesem Teil der Straße gab es eigentlich nur Geschäfte. Toni versuchte, sich daran zu erinnern, ob über irgendeinem eine Wohnung war. Allerdings hatte sie nie darauf geachtet.

»Ob Sie mir helfen können?«, fragte der Fremde.

Er musste auf Toni herunterblicken und seine Augen verengten sich. Toni wurde sich wieder bewusst, wie desolat sie aussehen musste. Zur Wahrung ihrer Würde reckte sie sich noch ein Stück mehr, konnte aber den Höhenunterschied zwischen ihm und ihr damit nicht nennenswert ausgleichen.

»Ich glaube eher, Ihnen ist nicht mehr zu helfen, Mrs. ...«

»Miss Halliday«, antwortete Toni schnell und ärgerte sich gleichzeitig über sich. Das hatte sich beflissen angehört. Ohne es wollen, gab sie ihm damit das Werkzeug in die Hand, sich ihr überlegen zu fühlen. Sie räusperte sich.

»Was genau ist denn das Problem?«, fragte sie. »Wenn wir zu laut waren, tut es mir leid. Wir drehen die Musik selbstverständlich leiser.«

Irgendeiner ihrer Gäste hatte das sowieso schon gemacht. Es war fast unangenehm still im Raum geworden. Der Fremde hatte etwas an sich, das keinen Widerspruch duldete.

»Die Musik ist nur das Ende einer Reihe von Dingen, die mir hier missfallen, Miss Halliday«, erwiderte er. Er betonte die *Miss* besonders stark, als wolle er sie herausfordern. »Ich bin seit gefühlten hundert Stunden auf den Beinen. Die Sekretärin hat vergessen, mir ein Zimmer zu buchen, und das einzige Motel hier sieht aus, als würde man sich eine Infektion holen, wenn man nur einen Schritt durch die Tür macht. Ich hatte die Hoffnung, mich wenigstens hier etwas ausruhen zu können.«

»Aber wer sind Sie denn?«, fragte Toni nach dieser langen Ansprache gereizt.

»Hat man mich nicht angekündigt?«, fragte er zurück. Er klang nun eine Spur freundlicher. »Ich bin Ben Adams, PR-Berater der Shipwreck Diving Company. Ich komme vom Hauptbüro aus Florida.«

Du lieber Himmel. Hoher Besuch aus der Zentrale – und das Erste, was er sah, war, dass die Chefin Besäufnispartys im Firmenbüro veranstaltete. Wenn er vorhatte, hier zu übernachten, musste er einen Schlüssel haben. Toni wusste, dass in Florida sämtliche Schlüssel der einzelnen Standorte in Kopie vorhanden waren. Sie selbst hatte die von Fine Falls letztes Jahr im September dorthin geschickt. Daher hatte er sicher in dem Laden etwas zu sagen. Toni befürchtete, ihr Job könnte schneller den Bach runtergehen als Aktien in einer Rezession. Ihre Mitarbeiter sahen das offenbar ähnlich.

»Wir sollten nach Hause gehen«, murmelte Shirley und kramte ihre Jacke hinter der Theke hervor. Als hätten die anderen nur auf dieses rettende Signal gewartet, kam für eine Weile Unruhe auf. Stühle wurden gerückt und Gläser klirrend auf dem Schreibtisch des Empfangs abgestellt. Nancy trat an Tonis Seite. Sie war einen Kopf größer als Toni und reckte das Kinn vor. Das tat sie immer, wenn sie ihre Kampfbereitschaft signalisieren wollte. Das hatte Toni gerade noch gefehlt. Ihr fiel es selbst schon schwer genug, gelassen zu bleiben.

»Nancy, geh ruhig nach Hause«, sagte sie daher. »Ich komme auch gleich. Mr. Adams und ich müssen nur gerade noch was besprechen.«

»Bist du sicher? Ich warte gerne.«

»Nein, geh nur. Ich regle das hier.«

Toni schob sie sanft an ihrer Schulter Richtung Eingangstür. Nancy ging, ohne noch etwas zu erwidern, was sie aber nicht davon abhielt, sich am Ausgang noch mal umzudrehen und Ben Adams einen skeptischen Blick zuzuwerfen. Toni zwang sich zu einem Lächeln, um ihr zu zeigen, dass alles in Ordnung war. Das war es natürlich nicht. Wenn man in Büroräumen ungefragt eine ausschweifende Party schmiss, war selten etwas in Ordnung, wenn man dabei ertappt wurde. Jemand hatte vorhin das Licht angemacht, als alle ihre Siebensachen zusammensuchten. Jetzt sah Toni zum ersten Mal an diesem Abend die Schweinerei, die sie veranstaltet hatten. Es würde sie morgen einige Zeit kosten, hier wieder klar Schiff zu machen. Sie bemerkte, dass Ben Adams ebenfalls über das Chaos schaute. Offensichtlich dachte er ähnlich.

»Wenn Sie hier schon eine Party veranstaltet haben, gibt es auf der noch irgendetwas Essbares?«, fragte er dann. »Ich habe seit heute Morgen nichts mehr bekommen.«

»Wir hatten Pizza«, erwiderte Toni.

Sie blickte sich um und hoffte, davon noch ein repräsentables Stück zu finden. Auf dem Tisch neben der Eingangstür, wo normalerweise die Prospekte und die Straßenkarten lagen, standen mehrere Pizzakartons in Familiengröße. In einem befand sich noch ein Viertel. Toni atmete unbemerkt auf und schickte sich an, Mr. Adams ein Stück auf einem Pappteller zu servieren. Schon als sie es mit der Gabel anhob, merkte sie, dass damit etwas nicht in Ordnung war. Irgendjemand hatte anscheinend einen Cocktail darübergeschüttet. Das war sicher auch der Grund, warum keiner mehr davon gegessen hatte.

»Vielleicht ein paar Käsestangen?«, fragte sie hilflos. Was machte sie eigentlich hier? Am besten wäre es, den Rückzug anzutreten, damit er sich die Mühe sparen konnte, sie zu feuern.

Ben Adams seufzte, als er das Glas mit den Käsestangen über die Empfangstheke hob. Er setzte sich, holte eine heraus und begann zu kauen. Zwischendurch zog er mit einer Hand eine Dose Bier aus dem Kunststoffring eines Sixpacks, das ebenfalls dort stand.

»Was haben Sie denn gefeiert?«, fragte er, nachdem er den Rest mit einem Schluck Bier hinuntergespült hatte.

»Meinen Geburtstag«, antwortete Toni. »Ich wusste

nicht, wo ich ihn sonst feiern sollte. Nancys Wohnung ist zu klein.«

»Herzlichen Glückwunsch«, sagte er trocken. »Nancy ist demnach die Dame, die Sie mit mir nicht allein lassen wollte?«

»Ja, sie ist meine Freundin. Ich wohne bei ihr, seit ich in Fine Falls bin. Ich bin die Leiterin dieser Filiale«, betonte sie, falls er den Zusammenhang noch nicht hergestellt haben sollte. Er würde es sowieso herausbekommen. Es lohnte sich nicht, ihre Identität im Dunkeln zu lassen.

»Das habe ich mir bereits gedacht. Den Namen Halliday gibt es nicht so oft.«

Die nächste Käsestange, noch ein Schluck Bier. Schweigsame zwei Minuten. Toni betrachtete in der Zeit, wie seine langen dunklen Wimpern Schatten auf seine Wangen warfen. Typ All American Boy. Sie mochte keine blonden Männer, vor allen Dingen keine gut aussehenden. Die hatten es ihrer Meinung nach im Leben immer ein wenig zu einfach. Wenigstens trug er eine Brille. Das milderte den attraktiven Eindruck, den er auf sie machte. Diese war wie ein Makel, den ihm Gott mitgegeben hatte, damit er nicht zu sehr von sich überzeugt sein sollte.

»Warum genau sind Sie hier?«, fragte sie dann. PR-Berater. Das konnte alles und nichts bedeuten.

»Unser Big Boss ist mit den Umsätzen hier nicht zufrieden. Ich überprüfe jetzt, wie wir den Laden etwas in Schwung bringen können. Eigentlich eine Aufgabe, mit der Sie sich hätten beschäftigen sollen, Miss Halliday.«

Diesmal betonte er die *Miss* nicht extra. Toni war froh darüber. Sonst hätte sie ihm wahrscheinlich ein Glas an den Kopf geworfen. Es beunruhigte sie, dass sich der CEO der Shipwreck Diving Company höchstpersönlich mit ihrer Filiale beschäftigte. Sie hatte ihn nie kennengelernt. Einstellungsgespräche wurden im Büro in Los Angeles geführt. Sie wusste noch nicht einmal, wie er hieß, geschweige denn wie viele Mitarbeiter das Unternehmen weltweit beschäftigte. Das sollte sie wohl nicht erwähnen. Besser hätte sie ihm eine vermeintliche Inkompetenz nicht bestätigen können.

»Wir sind noch neu in der Gegend«, sagte sie. »Hier gibt es einige Unternehmen, die schon lange am Markt und entsprechend etabliert sind. Aber die Chesapeake Bay hat viel Potenzial. Wir müssen den Leuten erst einmal ins Gedächtnis kommen. Mundpropaganda. So was geht nicht von heute auf morgen. Das muss wachsen. Ich meine, wir haben so tolle Mitarbeiter, die hoch motiviert sind. Darauf können wir stolz sein. Ich bin jeden Tag froh, mit ihnen arbeiten zu dürfen – entschuldigen Sie, ich fange an zu plappern.«

Ben Adams hatte die Käsestangen aufgegessen und machte sich ein zweites Bier auf. Das tat er mit solch einer Konzentration, dass Toni der Verdacht kam, er hätte ihr überhaupt nicht zugehört.

»Das stimmt«, sagte er dann. »Sie plappern wirklich.

Aber nur reden bringt einem keinen Erfolg. Man sollte schon auch etwas tun.«

»Warum sagen Sie, ich tue nichts?« Toni spürte die Wut in sich aufsteigen. »Sie kennen mich gerade mal ein paar Minuten. Sie können wirklich nicht beurteilen, was oder was nicht ich hier mache.«

Adams stand auf und klopfte sich ein paar imaginäre Krümel von seinem Jackett. Toni war wieder überrascht, wie groß er neben ihr wirkte. Wenn das sie einschüchtern sollte, funktionierte es sogar, wie sie leider zugeben musste.

»Was Sie machen, habe ich heute sehr deutlich gesehen«, erwiderte Adams gefährlich ruhig. »Partys feiern im Firmeneigentum. Ich weiß nur noch nicht, ob das reicht, sie weiter hier zu beschäftigen.«

Sollte es das wirklich gewesen sein?

Jetzt, wo ihr Leben langsam wieder eine Richtung nahm, wo sie Hoffnung schöpfte, es könnte doch alles wieder gut werden? Ihre Schulden würde sie noch lange abzahlen müssen, aber sie konnte es wenigstens. Darauf war sie stolz. Sie kuschelte sich langsam in die Decke der Sicherheit, die ihr das Leben in Fine Falls bot. Das sollte jetzt plötzlich wieder vorbei sein, nur weil ein Schnösel aus einer PR-Abteilung glaubte, alles besser zu können als sie? Der sicher ein herausragendes College besucht hatte und meinte, er könne Menschen, die sich alles erkämpfen mussten, zeigen, wie das Leben funktioniert? In diesem Moment war es Toni egal, ob er eine Stellung in der Firma innehatte, die es ihm erlaubte, sie tatsächlich zu entlassen.

»Machen Sie es doch besser«, sagte sie wütend.

Trotzdem bemühte sie sich, ihre Stimme nicht anzuheben. Schreiende Frauen wurden von Männern immer schnell als hysterisch angesehen.

»Deswegen bin ich hier, Miss Halliday«, erwiderte er. »Und ganz im Gegensatz zu dem, was Sie glauben: Ich bin nicht Ihr Feind, auch wenn Sie anscheinend alles dafür tun, dass ich es werde. Ich soll hier nach dem Rechten sehen, ein paar Ideen einbringen, schauen, was Sie besser machen können. Wenn man in Florida der Meinung wäre, dass Sie Ihre Sache vom Grunde her nicht gut machen würden, hätte man Sie sowieso schon gefeuert.«

»Also bekomme ich einen Aufpasser?«

»Einen Berater. Sehen Sie es mal so. Auch wenn Sie mir ziemlich beratungsresistent vorkommen. Aber ich hoffe, ich täusche mich da. So, gibt es hier einen Platz, wo ich schlafen kann? Ich meine, einen Raum, der nicht mit Pappbechern, Pizzaresten und leeren Bierdosen zugemüllt ist?«

»Nebenan ist der Abstellraum. Da gibt es eine Liege«, antwortete Toni mürrisch. »Für eine Nacht wird es reichen.«

»Weil die Mitarbeiter hier ja offenbar so hart arbeiten, dass sie sich tagsüber etwas hinlegen müssen?«, fragte er ironisch.

»Wenn Sie nicht der Meinung gewesen wären, dass

es hier so etwas gäbe, wären Sie sicher nicht hergekommen.«

Ben Adams regte sie zusehends auf. Sie war froh, gleich durch die Tür nach Hause verschwinden zu können.

»Tatsächlich habe ich nur auf einen Sessel gehofft«, erwiderte er.

Toni drehte sich abrupt um und ging zur Tür. Sie spürte Tränen aufsteigen und ärgerte sich darüber. Noch mehr würde es sie allerdings ärgern, wenn er diese sähe.

»Und, Miss Halliday ...«, rief er ihr nach.

Toni drehte sich wieder um.

»Morgen machen Sie hier gefälligst Ordnung.«

Ben blickte noch eine Weile auf die geschlossene Tür, nachdem Toni Halliday wütend das Büro verlassen hatte, bevor er seinen überdimensionalen Seesack aufhob, den er neben dem Eingang abgestellt hatte.

Eines musste man Miss Halliday lassen, Angst einjagen konnte man ihr nicht so schnell. Sie war eine lächerlich kleine Person mit schrägen, dunklen Augen, denen weniger Make-up gut gestanden hätte, einem runden Gesicht und einem breiten Mund mit fülligen Lippen, der viel zu groß für ihr Gesicht wirkte. Sicher hübsch, wenn man auf diesen Typ Frau stand. Auf ihn wirkte sie zu aufgedreht und zu hektisch. Sie war sicher nicht das, was er sich unter einer leitenden Angestellten vorstellte. Die maue Auftragslage der Shipwreck Diving Company wäre damit durchaus zu erklären. Was brachte es einem Unternehmen, eine Führungskraft zu beschäftigen, die anscheinend mehr an Partys und ihrem Spaß interessiert war als daran, das Geschäft auch zu führen? Er dachte an das, was sein Vater gesagt hatte. Ihn machte die Buchführung dieser Filiale misstrauisch. Ben nahm sich vor, zusätzliche Informationen über sie einzuholen.

Er betrachtete missmutig das Chaos im Raum, den klebrigen Boden, die Luftschlangen und die Essensreste. Er hoffte sehr, dass diese Miss Halliday morgen bei Sonnenaufgang hier antreten würde, um aufzuräumen, bevor die ersten Kunden kamen. Er konnte sich daran erinnern, vor dem Eintreten ein Schild mit Öffnungszeiten an der Außenwand gesehen zu haben, und ging vor die Tür. *Sonntags geschlossen* prangte unübersehbar in roten Buchstaben darauf. Das konnte doch wohl nicht wahr sein! Sonntags waren die Tage, an denen die einheimische Bevölkerung, die nicht weiter als ein oder zwei Autostunden entfernt wohnte, die Gelegenheit nutzen würde, an der Chesapeake Bay zu tauchen. Als er näher herantrat, bemerkte er, dass es sich um einen Aufkleber handelte, der die Öffnungszeit der Sonntage verdeckte, die vorher dort gestanden hatte. Er kratzte an einer Ecke und konnte ihn ein Stück abziehen. 9.00–15.00 Uhr. Ben fragte sich, ob Toni Halliday entschieden hatte, sonntags dauerhaft zu schließen oder ob sie den Aufkleber nur für den

Sonntag nach ihrer Party angebracht hatte. Er würde sie morgen danach fragen müssen.

Das letzte Mal, als er in eine Party platzte, war nach dem Collegeabschluss seiner Schwester Tara gewesen. Er hatte es gewagt, eine Stunde früher als geplant zu Hause aufzutauchen und war dabei auf eine Horde überdrehter Mädchen getroffen, die von zu viel Champagner und Lebensfreude erfüllt waren und alle um seine Aufmerksamkeit kämpften. Seltsam. Daran hatte er schon lange nicht mehr gedacht.

Ben blinzelte, um wach zu bleiben, und öffnete die Tür, hinter der er den Abstellraum vermutete. Er dachte kurz an das Büro auf Chuuk Lagoon, direkt am Strand, mit dem immer sandigen Fußboden, ganz egal, wie oft man mit dem Besen durchfegte. Die Einrichtung dort war ebenso spartanisch, mit abgeschabten Polstern und wackeligen Stühlen, aber der Anstrich war bunt und vermittelte eine Fröhlichkeit, die er hier vermisste. Er ließ den Seesack neben die Liege fallen und öffnete aus reiner Gewohnheit das winzige Fenster. Es war staubig und stickig in diesem Raum. Auf Chuuk Lagoon standen immer alle Fenster offen. Er wollte nur Schlaf und Ruhe, um die Ereignisse des Tages zu verarbeiten.

Er hatte auf dem Flug lange überlegt, ob er seinen richtigen Namen nennen sollte und sich dann dafür entschieden. Lügen auf Dauer aufrechtzuerhalten, war immer schwierig. Er hatte beschlossen, sich so dicht wie möglich an die Wahrheit zu halten. Wenn jemandem die Namensgleichheit aufgefallen wäre, hätte er immer noch die Verwandtschaft zu seinem Vater leugnen können. Entweder war es Toni Halliday nicht aufgefallen oder sie war wirklich zu verpeilt, um den Zusammenhang zu erkennen.

Er öffnete den Karabiner, der den Seesack verschloss, und zog den Canvasstoff auseinander. Zuoberst lag ein silbergerahmtes Foto einer umwerfend hübschen, schlanken Blondine in einem Sommerkleid und mit ewig langen Beinen. Gloria. Ben nahm das Bild und blickte kurz darauf, bevor er es wieder an der Seite im Sack verstaute. Er hatte das Foto bei einem Spaziergang in den ersten Sommerferien gemacht, die sie zusammen in Cancun verbrachten. Sie waren beide Singles gewesen, in ihren Zwanzigern, und hatten die ganze Welt noch vor sich gehabt.

In seinen Augen war Gloria die perfekte Frau für ihn gewesen. Sie war klug, bezaubernd und ein Tauchfanatiker wie er selbst. Sie sprachen stundenlang über Dinge, die sie beide liebten, und lachten über die Erlebnisse an den exotischen Orten, die sie besucht hatten. Sie waren unzertrennlich gewesen. Fast ein ganzes Jahr war damals an Ben vorbeigewirbelt, verstrickt in den Zauber ihrer Verlobung und den Vorbereitungen für ihre Hochzeit, sodass er keine Zeit hatte innezuhalten und zu überlegen, wie ihr Eheleben aussehen würde. Es war schwer zu glauben, dass es so schlimm geendet hatte.

Wenn seine Schwester dachte, dass die Erinnerung an seine glückliche Zeit mit Gloria ihm helfen würde, über sie und ihren Betrug hinwegzukommen, dann hatte sie keine Ahnung, wie es in ihm aussah. Es gab

Dinge, die auch ein sonniges Gemüt nicht in Ordnung bringen konnte. Manchmal ging der Verrat zu tief, wie eine Kugel im Körper, die zu lange an lebenswichtigen Organen lag, um entfernt zu werden. Der Schmerz war immer da. Und immer, wenn man ihn am wenigsten erwartete. Der Schmerz seiner Unterschenkelverletzung, die er sich letzten Sommer zugezogen hatte, war nichts im Vergleich zu dieser tief sitzenden Qual.

Bens Finger spannten sich um den Rand des Fensterrahmens, als er in den Nachthimmel schaute, der im dicht besiedelten Osten der USA nie wirklich dunkel oder klar war. Er schloss für eine Sekunde die Augen. Wut und Enttäuschung machten sich in ihm breit. Wut über sich selbst, dass er sich von seinem Vater aus dem Stück Heimat hatte locken lassen, das er gefunden hatte, als er sich wie ein verwundetes Wild auf den Weg machte zu einem Ort, an dem er in Ruhe genesen konnte. Er hatte in jeder Hinsicht zu schnell aufgegeben. Sich von seinem Vater erpressen lassen. Jetzt stand er hier in Fine Falls, Maryland. Ein merkwürdiger kleiner Ort mit einem merkwürdigen Namen. In der ganzen Gegend gab es keinen Wasserfall. Das hatte er mit Google Maps überprüft. Überhaupt hatte der kleine Bundesstaat eine so eigenartige Form, als hätte ihn ein Junkie auf LSD-Trip mit einer Bastelschere ausgeschnitten. Wer um alles in der Welt wollte hier im kalten Wasser, das auch im Sommer nur 27 Grad erreichte, freiwillig tauchen, wenn man das Gleiche in tropischeren Gewässern mit einer farbenprächtigen

Unterwasserwelt und angenehmeren Temperaturen haben konnte?

Ben verließ die Abstellkammer, um ein Zimmer weiter eine handtuchgroße Toilette mit einem winzigen Waschbecken zu finden. Bei dem Versuch, sich den Schmutz des Tages aus dem Gesicht zu waschen, hinterließ er eine Pfütze auf dem Boden. Er beschloss, das Zähneputzen heute ausfallen zu lassen und dafür im Liegen noch eine Dose Bier zu trinken. Vielleicht konnte er noch so lange die Augen aufhalten, bis ihm klar war, wie er am besten vorgehen sollte. Er hatte nicht damit gerechnet, auf eine solch flattrige und fahrige Person wie Toni Halliday zu treffen. Das Personalbüro in Los Angeles hatte an diesem Tag entweder Scheuklappen auf oder einen großmütigen Tag gehabt. Referenzen, er musste sie nach Referenzen fragen. Das war das Letzte, an das er dachte, bevor ihm die Augen zufielen und die Dose Bier in seiner Hand sich genug neigte, um ihren Inhalt auf dem Fußboden zu entleeren.

KAPITEL 3

»Komm schon, sag's mir. Was ist letzte Nacht zwischen dir und diesem scharfen Typen passiert?«, fragte Nancy.

»Es ist nichts passiert«, erwiderte Toni genervt.

Sie hatte nicht geglaubt, dass Nancy sie jemals würde nerven können. Aber die war nachts so froh gewesen, Toni unbeschadet nach Hause kommen zu sehen, dass ihre für sie logische Reaktion war, es müsse zwischen ihr und Mr. PR-Berater gefunkt haben.

»Noch nicht«, korrigierte Toni sich.

Sie saß am Frühstückstisch und kippte lustlos Milch über ihre Cornflakes, während Nancy sich am Herd Eier und Speck auf den Teller lud. Der Geruch des gebratenen Specks ließ Übelkeit in Toni aufsteigen. Sie hätte wirklich nicht so viele Cocktails trinken sollen. Dann wäre ihr Treffen mit Ben Adams sicher professioneller gelaufen. Auf eine angetrunkene Filialleiterin zu treffen, hatte ihn sicher nicht davon überzeugt, dass sie die Richtige für diesen Standort war.

»Du meinst, es könnte was laufen?«, fragte Nancy und setzte sich zu ihr.

»Das habe ich nicht gemeint«, antwortete Toni und schob die Schüssel mit den Cornflakes ein Stück von sich weg. »Um die Wahrheit zu sagen, es ist ziemlich schlecht gelaufen. Ich habe dir heute Nacht nicht alles erzählt.«

»Oh mein Gott«, sagte Nancy. »Was hat er getan?«

»Frag besser, was ich getan habe«, erwiderte Toni und schob mit dem Löffel die Cornflakes in der Milch hin und her. »Oder, was ich nicht getan habe. Mich erwachsen zu benehmen, zum Beispiel.«

Normalerweise achteten sie darauf, in Nancys winziger Küche immer Ordnung zu halten. Aber heute Vormittag standen überall noch Kisten mit Partydekoration und Sekt sowie Einkaufstüten mit Knabberzeug. Nancy war in allem, was sie tat, sehr gründlich. Dabei konnte es schon einmal passieren, dass sie ein wenig über das Ziel hinausschoss. Die Menge ihrer Einkäufe hätte für drei Partys gereicht.

»Raus damit, so schlimm kann es doch nicht sein«, sagte Nancy und goss sich eine Tasse Kaffee ein. »Es war doch nur eine kleine Feier. Wir haben keinen gestört und nichts kaputtgemacht.«

»Das sieht dieser Adams offenbar anders. Ich glaube, das ist bei ihm eine Prinzipsache. So etwas macht man einfach nicht. Deswegen war ich heute Morgen auch bereits im Büro und habe aufgeräumt.

Dann kann er sich wenigstens nicht auch noch darüber beschweren.«

»Ich wusste doch, ich habe etwas gehört«, sagte Nancy. »Warum hast du mich nicht geweckt? Ich hätte dir doch geholfen. Was hat er denn gesagt?«

»Nichts, er war gar nicht da. Ehrlich gesagt war ich darüber ziemlich froh. Vielleicht ist er wieder gefahren.«

So verständlich Tonis Wunsch auch war, wurde sie sich bewusst, dass das nicht das günstigste Ende ihrer Begegnung wäre. Sie musste die Gelegenheit bekommen, Ben Adams von ihrer Qualifikation zu überzeugen. Sie malte sich aus, wie er in die Zentrale nach Florida zurückkehrte, um Bericht zu erstatten, und der einzige Eindruck von ihr war der eines angetrunkenen, unhöflichen Partyluders mit verschmierter Wimperntusche. Sie würde schneller auf der Straße sitzen, als sie das Wort *Kündigung* aussprechen könnte. So durfte es nicht enden. Was sollte dann aus ihr werden?

Tonis Schulden kamen aus ihrer Zeit an der East Carolina University. Sie hatte fast nur großartige Professoren, aber keiner war so charismatisch gewesen wie Thomas Clawson. Toni glaubte sogar eine Zeit lang, sie wäre in ihn verliebt, bis sie ihre Gefühle einer kritischen Betrachtung unterzog und dabei feststellte, dass es nicht das war, was sie so an ihm faszinierte. Er verkörperte nur die Werte und Ideale, die auch ihr zu eigen waren. Daher war sie begeistert, als er sie nach einer Vorlesung einlud, einen Kaffee mit ihr zu trinken.

An diesem schicksalhaften Nachmittag weihte

Professor Clawson sie in seine Pläne ein, ein privates Forschungsprojekt in der Arktis zu starten, wo er weitere Funde der dort 1848 gesunkenen *HMS Terror* vermutete. Toni konnte sich noch gut an diesen Tag erinnern. Der Frühling nahte und der Himmel war bereits strahlend blau. Das war für North Carolina ungewöhnlich. Der Himmel war normalerweise die ganze Zeit bedeckt. Das hatte sie damals als Zeichen gesehen, ihrem Leben eine neue Richtung zu geben. Eine Stunde später trennten sie sich und Toni hatte Professor Clawson zugesagt, sein Forschungsprojekt finanziell zu unterstützen. Sie nahm eine Hypothek auf das Haus ihrer Eltern auf und war sicher, etwas gefunden zu haben, was ihr ganzes Leben verändern würde. Das tat es auch, nur leider nicht so, wie Toni es sich ausgemalt hatte. Das Projekt entpuppte sich als riesige geldverschlingende Krake. Toni konnte die Hypothek und den explodierenden Zinssatz nicht mehr bedienen. Sie verlor das Haus und blieb dennoch auf einem Berg Schulden sitzen. Im Sommer verließ sie das College, während Professor Clawson weiter unterrichtete, wahrscheinlich, um sich ein neues Opfer zu suchen.

»Das ist nicht die Toni, die ich kenne«, riss Nancy sie aus ihren Gedanken. »Es ist nicht deine Art, dich vor jemandem zu verstecken. Ihr hattet einen schlechten Start, aber du hast immer noch die Möglichkeit, ihn von dir und deinen Fähigkeiten zu überzeugen.«

Das hatte sie sicher bereits, wenn auch nicht in dem Sinne, wie Nancy es sich vorstellte. Ihr rotes Geschenkpaket mit den weißen Herzen hatte heute Morgen auf dem Empfangstresen gelegen. Das war nicht der Platz, wo sie es gestern Nacht abgestellt hatte. Ben Adams hatte hineingeschaut und den String gesehen. Es sprach für ihn, dass er diesen wieder ordentlich ins Seidenpapier eingeschlagen und den Deckel sorgfältig geschlossen hatte. Wenn es noch irgendeine Bestätigung gebraucht hatte, mit welcher Art Frau er es zu tun hatte, war sie ihm damit auf dem Silbertablett serviert worden.

»Wäre die Shipwreck Diving Company von meinen Fähigkeiten überzeugt, hätte sie ihn nicht geschickt«, sagte Toni.

Wenn der Tag etwas Gutes hatte, dann, dass ihre Übelkeit langsam verschwand. Sie verspürte sogar ein wenig Hunger. Sie zog die Müslischale wieder zu sich heran und tauchte den Löffel in die Cornflakes.

»Ich glaube eher, dass sie das bei all ihren jungen Unternehmen tun«, erwiderte Nancy. Sie stand auf und steckte zwei Waffeln in den Toaster. »Das wird nichts Besonderes sein. Einen schlechten Start zu haben, ist kein Drama. Da wirst du nicht die Erste sein. Nimm den Besuch von diesem Adams einfach als Chance. Vielleicht kannst du wirklich etwas von ihm lernen. Außerdem ist er ziemlich heiß.«

»Das ist nicht hilfreich«, entgegnete Toni, musste jedoch lächeln. »Aber du hast die offizielle Erlaubnis, dich an ihn heranzumachen. Wenn er mir dafür weniger an den Fersen klebt, wäre es den Einsatz wert.«

»Ich sehe, was ich tun kann«, erwiderte Nancy.

»Aber lass uns heute diesen Typ vergessen. Erzähl mir lieber was von Brad. Hat er dich endlich gefragt, ob du mit ihm ausgehst?«

Toni rief sich ihr Gespräch mit Brad in Erinnerung, aber auch das trug nicht dazu bei, sie aufzuheitern. Sie hatte sich von diesem Abend mit Brad viel versprochen. Es hätte sogar klappen können, wenn dieser verdammte Adams nicht aufgetaucht wäre und die Party gecrasht hätte.

»Er ist so ... zurückhaltend«, sagte sie zögerlich. »Besser kann ich es nicht beschreiben. Er macht mir Komplimente. Einen Moment fühlst du dich wie die tollste Frau der Welt, einen später weißt du nicht, woran du bei ihm bist. Das macht mich noch verrückt.«

Brad hatte vor fünf Monaten bei ihnen begonnen. Mit seiner unbefangenen Art war er wie geschaffen gewesen, mit den Tauchgruppen hinauszufahren. Er brachte einen Hauch exotisches Flair nach Fine Falls mit seinen Rastazöpfen und den farbenfrohen Bandanas, die er trug. Toni hatte sich schon mehr als einmal gefragt, was ihn nach Maryland verschlagen hatte. Er wirkte wie ein farbenprächtiger Papagei in einer Schar Watvögel.

»Vielleicht ist er schüchterner, als du glaubst«, gab Nancy zu bedenken.

»Vielleicht ist er aber auch ein Frauenheld, der sich nicht festlegen will«, erwiderte Toni. »Was ist, wenn er nur mit mir spielt? Oder vorhat, mich auszunutzen?«

»Zum Ausnutzen wird er bei dir wohl nicht viel

finden«, erwiderte Nancy. »Zumal deine Vergangenheit kein Geheimnis unter deinen Kollegen ist.«

Dass das herausgekommen war, war Tonis eigene Schuld gewesen, als sie ein Schreiben ihrer Bank auf ihrem Schreibtisch liegen gelassen hatte. Shirleys hochroter Kopf und ihre Entschuldigung trugen dazu bei, dass Toni es vernünftiger fand, ihr wenigstens einen Teil der Wahrheit zu erzählen, bevor diese wesentlich krudere Theorien über sie verbreiten würde. Sie war nicht die Einzige in Amerika, die alles verloren und darüber hinaus Schulden hatte.

»Ich warte ab, was anderes kann ich nicht tun. Vor allen Dingen jetzt, wo ich Ben Adams an den Hacken habe. Der lässt mir sicher keine Zeit, um meine Beziehung zu Brad zu intensivieren. Falls ich morgen überhaupt noch einen Job habe, bei dem ich das könnte.«

»Egal was morgen passiert, du weißt, dass ich für dich da bin«, sagte Nancy, die aufgestanden war und das Geschirr in die Spülmaschine räumte. Toni hob ihre Schale an den Mund und trank die übrig gebliebene Milch aus. Sie ging zu Nancy und reichte sie ihr.

»Das weiß ich. Glaub mir, das ist das Einzige, was mich aufrecht hält. Wenn du nicht wärest, müsste ich unter die nächste Brücke ziehen. Auch wenn das hier schiefgeht, ich finde wieder einen Job, das verspreche ich dir.«

»Tu einfach dein Bestes, diesen hier nicht zu verlieren. Auch wenn das bedeutet, dass du dich an diesen Adams ranschmeißen musst.«

~

Ben schritt im leichten Morgengraupel über den Bürgersteig der Main Street, die trotz der frühen Stunde an einem Sonntagmorgen bereits belebter war, als er es sich von Kleinstädten an der Ostküste vorgestellt hatte. Er hätte zwar den Mietwagen nehmen können, mit dem er aus Baltimore gekommen war, aber er wollte etwas frühstücken und rechnete sich bessere Chancen aus, ein Lokal zu finden, wenn er zu Fuß unterwegs war.

Was taten diese Leute um sieben Uhr an einem Sonntagmorgen hier? Er hatte vergessen, wie viel ihm die Geräusche der Autos und das schlechte Wetter ausmachten. Er hatte Florida vor einem Jahr verlassen, weil ihm die Hektik dort zu viel wurde. Auf Chuuk Lagoon hoffte er, den Abstand zu seinem alten Leben herstellen zu können, den er brauchte, um mit seiner Vergangenheit abzuschließen. Im Moment erschien ihm sein Leben dort wie ein ferner Traum. Ein Paradies der Ruhe, Stille und Schönheit – er vermisste es jetzt bereits mehr, als er zugeben wollte.

Er sprang aus dem Weg, als ein Fahrradkurier mit hoher Geschwindigkeit und nur Zentimeter von ihm entfernt vorbeischlitterte. Der leichte Schneeregen, der in der Nacht gefallen war, hatte die Bürgersteige für Radfahrer tückisch gemacht. Ben stellte fest, dass er die falsche Kleidung für diesen Ausflug dabeihatte. Er hätte sich am Flughafen von Baltimore noch etwas zum Anziehen kaufen sollen.

Kontrolle. Auf Chuuk Lagoon hatte er die Kontrolle

darüber, wie er sein Leben lebte. Die Tauchgänge und die damit verbundenen Gefahren waren Teil seiner Arbeit. Er respektierte das. Hier hatte er mit ganz anderen Herausforderungen zu kämpfen. Aber dafür war er hergekommen. Er hatte seinem Vater versprochen, in Fine Falls für Ordnung zu sorgen. Auf Chuuk Lagoon hatte ihm der Wunsch seines Vaters noch halbwegs logisch geklungen, auch wenn er an eine Erpressung gekoppelt war. Aber bereits auf dem Flug hierher fragte Ben sich, warum unbedingt er das regeln musste. Gab es im Unternehmen seines Vaters nicht genug Leute, die das hätten machen können? Ben wurde das Gefühl nicht los, dass sein Vater ihn immer noch kontrollieren wollte.

Fast sein ganzes Leben hatte er in Miami verbracht, eine Großstadt mit einem Missklang von Geräuschen. Autos, Busse, Taxis und Motorradfahrer. Und Menschen. So viele Menschen, die zusammengedrängt durch die Innenstadt eilten. Drängeln, schieben und schubsen überall. Fine Falls hatte nichts davon. Er blieb vor einem General Store stehen, drehte sich um und betrachtete den Weg, den er zurückgelegt hatte. Die Hauptstraße wurde gesäumt von roten Backsteinhäusern in viktorianischem Stil. Er fühlte sich in eine andere Zeit versetzt. Die Stadt war schöner, als er sie heute Nacht bei seiner Ankunft wahrgenommen hatte. Er setzte seinen Weg fort, bis er an der Ecke zur Jefferson Street auf ein Diner traf, das mit hausgemachter Limettentorte warb. Es duftete verführerisch nach Pancakes und frischem Kaffee. Er trat ein und setzte sich an einen der Tische. Die Tische waren um diese frühe Stunde noch spärlich besetzt. Die Kellnerin, die ihm die Karte brachte, betrachtete ihn neugierig. In solchen Kleinstädten kannten sich wahrscheinlich alle Einwohner. *Rachel Torres* stand auf ihrem Namensschild.

»Auf der Durchreise?«, fragte sie, während sie ihm eine Tasse Kaffee einschenkte.

»Nein«, antwortete er einsilbig und wollte es eigentlich dabei belassen. Aber Kellnerinnen waren oft eine Fundgrube für Informationen. Sie kannten die Stadt und die Menschen. Es war durchaus möglich, von ihr etwas Hilfreiches zu erfahren.

»Ich bin von der Shipwreck Diving Company«, sagte er daher. »Wir führen an der Chesapeake Bay Tauchgänge zu versunkenen Schiffen durch.«

»Wie viele andere hier auch, Schätzchen«, sagte die Kellnerin. Sie hatte ein schmales, nichtssagendes Gesicht mit freundlichen Augen.

»Wir haben vor einem halben Jahr hier angefangen«, versuchte Ben ihrem Gedächtnis auf die Sprünge zu helfen.

»Stimmt. Die Firma an der Bucht von Rose Haven und noch einem anderen Standort weiter oben. Die Firma mit dem Segelschiff im Logo und dieser kleinen braunhaarigen Chefin. Sie wohnt bei Nancy Coleman. Die hat eine kleine Schneiderei am Ende der Main Street.«

»Das wird sie sein«, sagte Ben. »Kennen Sie sie?«

»Die hübsche Kleine? Ja, sie war ein paarmal hier

etwas essen. Nettes Mädchen. Sehr freundlich. Wenn auch mit dem Trinkgeld etwas knauserig. Aber das ist nicht so schlimm. Seit der Rezession haben viele es nicht mehr so dick. Da kann man nicht allzu viel erwarten.«

Sie lachte kurz auf und dachte wahrscheinlich an andere Gäste, denen es ebenso ging.

»Wissen Sie, wie ich sie finden kann?«, fragte Ben. Wenn er Glück hatte, wusste die Kellnerin, wo Nancy Coleman wohnte. »Ich müsste Miss Halliday sprechen.«

»Genau, Halliday. So hieß sie. Hat mir Don vom Waschsalon erzählt. In solchen Städten wie unserer bleibt nicht viel verborgen. Aber ich kann Ihnen doch nicht erzählen, wo sie wohnt. Ich meine, Sie könnten schließlich auch ein Serienmörder sein.«

»Nancy Coleman wohnt über ihrem Geschäft in der Main Street. Wenn Sie rausgehen, rechts die Straße hoch«, sagte ein anderer Gast, der auf einem Barhocker an der Theke saß und sich zu ihnen herumgedreht hatte. In seinem Bart hingen Reste des Rühreis, das vor ihm auf dem Teller lag.

»Carl, du redest zu viel«, erwiderte Rachel und schüttelte die fast leere Kaffeekanne entrüstet in seine Richtung. »Auch wenn er nett wirkt, er ist ein Fremder.«

»Du hast doch gehört, er ist von dieser Firma. Sieh nicht überall Verbrecher, wo keine sind«, entgegnete der Mann gelassen und drehte sich wieder zu seinem Teller um.

»Ich nehme die Pancakes mit Ahornsirup«, sagte Ben, der die Frühstücksangebote der Karte überflogen hatte. »Und machen Sie sich keine Sorgen, ich bin sicher kein Serienmörder.«

Rachel lächelte ihn an und verschwand wieder hinter der Theke, um seine Bestellung aufzugeben. Ben wusste nicht, ob das Essen hier gut war, aber er hatte wenigstens etwas erfahren, was ihm weiterhalf. Er würde Miss Halliday heute noch einen Besuch abstatten. Je eher er die Angelegenheit hier abschließen konnte, desto schneller konnte er wieder zurück nach Chuuk Lagoon und dem Einfluss seines Vaters entfliehen. Wenn Toni Halliday etwas zu verbergen hatte, würde er es herausfinden.

Toni hatte an dem Sonntag nach ihrer Party vorgehabt, am Vormittag in aller Ruhe das Büro aufzuräumen, um den Rest des Tages auf der Couch zu verbringen und sich Serien auf *Fox* anzusehen. Das Büro hatte sie extra für diesen Tag geschlossen. Ihr war nicht wohl mit dieser Entscheidung gewesen, und nun hätte sie sich gewünscht, auf ihre Ahnung gehört zu haben.

Sie hatten diskutiert, die Feier in Nancys Wohnung abzuhalten, aber sie war einfach zu klein, um ein Dutzend Gäste zu beherbergen, ohne dabei in Kauf zu nehmen, dass sie dicht gedrängt in ihrem winzigen Wohnzimmer saßen und keine Möglichkeit hatten, sich weiterzubewegen, geschweige denn zu tanzen. Nancys Laden war eine weitere Option gewesen, und Nancy hätte ihn ihr gerne zur Verfügung gestellt. Toni hatte dem energisch widersprochen. Nancys Geschäft war ein Paradies von empfindlichen Stoffen wie Seide und Satin. Nicht auszudenken, wenn einer ihrer Kreationen dabei etwas passiert wäre. Auch der Klub in der Jefferson Street wurde diskutiert, aber Toni hatte einfach kein Geld, ihren Mitarbeitern einen Abend in dem exklusiven Lokal zu spendieren. Also blieb als Option nur das Büro oder gar keine Party zu veranstalten. Aber ihre Mitarbeiter hatten im letzten halben Jahr so hart gearbeitet, sie war es ihnen einfach schuldig.

Ben Adams hatte sie es zu verdanken, dass sie um sieben Uhr ihr Bett verlassen hatte, um wieder Ordnung in der Geschäftsstelle zu machen. Das Aufstehen war ihr leichtgefallen, wenn sie von ihrem Brummschädel einmal absah. Sie hatte in dieser Nacht sowieso nicht schlafen können, nachdem sie sich immer wieder hin- und hergewälzt und in ihr Kissen geschlagen hatte, um endlich zur Ruhe zu kommen.

Nancy war nach dem Frühstück nach Fairhaven zu ihren Eltern gefahren, die dort einen Campingplatz betrieben, um mit ihrer Familie zu Mittag zu essen. Das tat sie jeden Sonntag. Normalerweise nahm sie Toni mit, weil sie meinte, ihre Freundin gehöre nun auch zu ihrer Familie, was Toni mehr bedeutete, als Nancy je ahnen würde. Heute war sie dafür jedoch nicht in Stimmung. Sie musste darüber nachdenken, wie sie Ben Adams am nächsten Tag begegnen sollte.

Sie hatte sich eine weitere Kanne Kaffee zubereitet und setzte sich an den Küchentisch, um sich Notizen zu machen, wie sie ihre Filiale mit dem richtigen Marketing auf Vordermann bringen konnte. Plötzlich klingelte es an der Tür. Sie erwartete niemanden. Vielleicht war es Brad. In ihr glomm ein Funken Hoffnung auf. Sie kontrollierte kurz ihr Aussehen im Spiegel neben der Tür, bevor sie diese öffnete. Jemand stand im Treppenhaus, drehte ihr den Rücken zu und inspizierte die Feuerlöscher an der Wand. Der teure Anzug war ihr leider nur allzu bekannt.

Ben Adams. Womit hatte sie das verdient?

Er drehte sich um und blickte sie einen Moment unbewegt an, als erwarte er eine Begrüßung, eine Aufforderung zum Eintreten, irgendetwas. Toni hatte nicht vor, es ihm leicht zu machen.

»Miss Halliday«, sagte er dann. »Ich dachte, wir sollten nicht zu lange warten, um mit der Arbeit anzufangen. Das ist sicher auch in Ihrem Interesse.«

»Ich würde wenigstens gerne bis zu den normalen Büroöffnungszeiten warten«, erwiderte sie und hoffte, dass es nicht so pampig klang, wie es sich für sie anhörte. »Mir geht es heute nicht so gut, als dass ich mich darauf konzentrieren könnte«, milderte sie ihren letzten Satz wieder ab.

»Heute sind die normalen Bürozeiten«, entgegnete er kalt. »Ganz im Gegensatz zu dem, was Sie behaupten, hat die Shipwreck Diving Company durchaus sonntags geöffnet. Daran ändert auch nichts, dass Sie es vorgezogen haben, Ihre Filiale heute zu schließen. Ich habe den Aufkleber auf den Öffnungszeiten entdeckt«, fuhr er schnell fort, als Toni den Mund öffnete, um etwas zu erwidern. »Reiten Sie sich nicht noch mehr rein, falls das überhaupt möglich ist.«

Toni schloss ihren Mund wieder. Sie hatte etwas zu ihrer Verteidigung sagen wollen. Aber gab es die überhaupt? Sie wusste nichts, was sie zu ihrer Entschuldigung hätte vorbringen können. Außer, dass sie sich völlig unprofessionell und kindisch verhalten hatte. Das war nun passiert und sie musste versuchen, das Beste daraus zu machen.

»Kommen Sie herein«, sagte sie deshalb und gab den Weg in Nancys Wohnzimmer frei.

Ben Adams trat ein und wirkte mit seiner Größe und seiner unnahbaren Erscheinung völlig unpassend in dem Raum, der so stark Nancys kreative Persönlichkeit widerspiegelte, dass man meinen könnte, sie wäre hier. Die Überwürfe der Couch waren aus rosa Batist genäht, die Vorhänge aus pinkfarbenem Chiffon. Auf dem kleinen Tisch neben dem Fenster stand ein Potpourri mit Lavendelzweigen und Rosenblüten sowie getrockneten Orangenscheiben, und über die Stehlampe hatte sie ein handbemaltes Seidentuch geworfen. Das ganze Zimmer war wie Nancy und atmete eine fröhliche, unbeschwerte Atmosphäre aus. Wenn Mr. Adams das ebenso empfand, ließ er es sich nicht anmerken.

»Setzen Sie sich doch bitte«, sagte Toni und zeigte auf die Couch.

Er kam ihrer Aufforderung nach und war einen Moment später in einem Wust von lilafarbenen Kissen versunken. Die Federung der Couch war nicht mehr die

Beste. Sitzend wirkte er weit weniger bedrohlich und Toni schöpfte wieder ein wenig Hoffnung. Sie nahm auf dem Sessel am elektrischen Kamin Platz. Irgendwann wollte sie einmal in einem Haus mit einem echten Kamin leben.

»Ich hätte gerne einen Blick in Ihre Bücher geworfen, Miss Halliday«, sagte er dann.

»Wieso? Sie sind doch für das Marketing hier?«, fragte Toni. Warum wollte er ihre Buchführung sehen? Wenn er nur ein PR-Berater war, ging ihr das eindeutig zu weit. »Warum interessieren Sie sich dann dafür?«

»Marketing ist keine Inselwissenschaft, wie Sie sich das offenbar vorstellen«, antwortete er ruhig. »Vernünftige Maßnahmen einzuleiten, ist immer eine Kombination aus verschiedenen Bereichen. Dazu gehören natürlich verkaufsfördernde Aktionen, leider in vielen Fällen aber auch Sparmaßnahmen, zum Beispiel bei falsch eingesetzter Werbung. Können Sie sicher behaupten, dass all Ihre Konzepte sinnvoll sind?«

Bis jetzt hatte er noch nichts von ihrer Entlassung gesagt. Das hatte sie als Erstes erwartet, wenn sie ihn wiedersehen würde. Im Moment aber hörte sich noch nichts von dem, was er sagte, unvernünftig an. Wenn sie es nicht vermasselte, könnte sie mit einem blauen Auge aus der Sache herauskommen, ihren Job behalten und vielleicht sogar noch etwas Wertvolles für die Leitung der Filiale lernen. Darum ging es Ben Adams schließlich: die Zahlen der Geschäftsstelle. Er hegte keinen persönlichen Groll gegen sie. Toni war ehrlich genug zuzugeben, dass sie die mangelhaften Einnahmen in der Vergangenheit ebenfalls schon beschäftigt hatten.

»Vielleicht habe ich in dem Bereich wirklich etwas Hilfe nötig«, sagte sie vorsichtig. »Ich kenne mich mit dem Tauchen aus, das habe ich bereits mein ganzes Leben getan. Mit Unternehmensführung habe ich mich bislang nur wenig beschäftigt.«

»Was haben Sie früher gemacht?«, fragte Ben Adams.

Toni überlegte, ob das eine Fangfrage war, aber seine Augen verrieten echtes Interesse. Wieder einmal war sie von seinen langen, dichten Wimpern beeindruckt. Sie hatte noch nie einen blonden Mann gesehen, bei dem diese so dunkel waren.

»Ich habe bis letztes Jahr an der East-Carolina-Universität Maritime Archäologie studiert. Leider musste ich das Studium aufgeben.«

»Was ist passiert?«

»Meine Eltern sind bei einem Autounfall ums Leben gekommen«, antwortete sie. »Das Studium konnte ich mir daher nicht mehr leisten.«

»Das tut mir leid«, sagte er nur.

Es klang aufrichtig. Sie war froh, dass er weder verlegen wurde noch sich in Allgemeinplätze flüchtete. So etwas hatte sie im vergangenen Jahr bereits zu oft gehört. Die Menschen mochten es nicht, wenn sie mit Sterblichkeit konfrontiert wurden. Ben Adams etwas aus ihrem Leben zu erzählen, fiel ihr erstaunlich leicht. Aber sie würde ihm nichts von ihrer Dummheit und

Blauäugigkeit preisgeben. Das musste außer Nancy keiner wissen.

»Es war ein hartes Jahr für mich«, fuhr sie fort. »Daher war ich so froh, diesen Job hier gefunden zu haben. Wissen Sie, ich kann nicht viel mehr als Tauchen. Es war einfach eine gute Alternative.«

Ben war auf der Couch nach vorne gerutscht. Er saß nun auf dem äußersten Rand und hatte somit einiges seiner tatsächlichen Größe wiedererlangt. Wann war sie das letzte Mal mit einem Mann alleine in einem Raum gewesen? Vor dem College war sie ein paar Monate mit Dennis Brooks ausgegangen, einem Footballspieler mit einem Faible fürs Segeln. In ihrem letzten Sommer, bevor sie nach North Carolina ging, hatten sie sich noch ewige Liebe geschworen, die von seiner Seite jedoch schnell abgekühlt war. Erst dachte sie, eine Welt bräche für sie zusammen. Als sie ihre Gefühle jedoch auf den Prüfstand stellte, bemerkte sie, dass es eher verletzter Stolz war, der sie zornig, aber nicht traurig machte.

»Wie kamen Sie nach Maryland?«, fragte Ben.

»Ich habe im Web gesurft und bin dabei auf die Seite der Firma gestoßen. Dort habe ich gelesen, dass sie jemanden für eine neue Filiale suchen. Meinen Lebensunterhalt mit Tauchen zu verdienen, das war das, was ich immer machen wollte. Der Job hier war für mich die beste Möglichkeit, mir diesen Traum zu verwirklichen.«

Sie stand auf und holte in der Küche eine Flasche Wasser und zwei Gläser. Sie hatte entsetzlichen Durst. Aber sie verspürte keinerlei Übelkeit mehr. Die hatte sie während ihres Gespräches vollkommen vergessen. Toni beschloss, das als gutes Zeichen zu werten. Überhaupt schien ihr Ben nicht mehr halb so bedrohlich wie in der Nacht zuvor. Bei Tageslicht wirkte er mehr wie ein sehr nachdenklicher, in sich gekehrter Mensch, der dennoch von sich überzeugt war. Es war eine angenehme Mischung. Sie hoffte, dass etwas davon auf sie abfärben würde. Sie könnte es gut gebrauchen.

»Und ich werde Ihnen helfen, diesen Traum auch zu behalten, Miss Halliday. Ich bin nicht Ihr Feind. Ich war von der Party gestern Abend nicht begeistert, das haben Sie auch deutlich bemerkt. Aber ich würde vorschlagen, wir vergessen das jetzt und konzentrieren uns auf die Aufgabe, wegen der ich eigentlich hier bin.«

»Guter Plan«, erwiderte sie und nahm einen großen Schluck aus ihrem Glas. Einem Senfglas mit Blumenmotiv. Hätte sie Gläser finden können, die noch mehr ihre Inkompetenz bewiesen? Vernünftige Geschäftsleute tranken nicht aus Senfgläsern. Allerdings machte Ben Adams nicht den Eindruck, als ob ihn das stören würde.

»Die Geschäftsunterlagen habe ich im Büro. Wir können gleich hinübergehen, wenn Sie möchten. Es ist nicht weit.«

Adams winkte ab. Eine spontane und jugendliche Geste. Er sah dabei extrem jung aus. Wie alt mochte er wohl sein? Sie hätte ihn gerne danach gefragt, war sich aber sicher, dass ihre Beziehung noch nicht auf dem Level war, in dem eine solche Frage sich nicht merkwürdig angehört hätte. Nicht auszudenken, wenn er auf die Idee kommen würde, sie wolle etwas von ihm. Oder noch schlimmer: Sie versuche, ihn zu bezirzen, weil sie sich Vorteile davon versprach.

»Ich denke, morgen reicht vollkommen«, sagte er dann. »Wir sollten uns den Sonntag nicht verderben.«

»Danke«, erwiderte Toni schlicht.

Wenn sie heute Abend ins Bett ging, würde sie gut schlafen können. Da war sie sich sicher. Das Damoklesschwert, das gestern Nacht noch über ihrem Kopf geschwebt hatte, war auf wundersame Weise verschwunden. Es schien, als wäre Bens Autorität weniger geworden, nachdem er auf Nancys Couch Platz genommen hatte. Was ihn in der Nacht so bedrohlich gemacht hatte, war im Tageslicht fast auf ein Nichts zusammengeschrumpft.

»Wissen Sie was, ich lade Sie zum Lunch ein. Sie werden sicher wissen, wo man hier gut essen gehen kann«, sagte er. »Vorausgesetzt, das Büro ist wieder in dem Zustand, in dem es sein sollte.«

Zum Essen einladen? Meinte er das ernst? Das war für Toni das verlässlichste Zeichen, dass er ihren schlechten Start vergessen hatte. Sie würde ihren Job nicht verlieren. Es würde wieder alles gut werden.

»Bereits erledigt«, sagte sie und gestattete es sich, ein klein wenig glücklich zu sein.

KAPITEL 4

Ben beugte sich nach vorne und legte seine Handflächen auf den Couchtisch, um sich abzustützen, damit er
aufstehen konnte. Toni musste gegen ihr Gefühl
ankämpfen, sich zurückzulehnen, so nah kam er ihr
dabei.

Sie mochte Hände, schon immer. Das war normalerweise die erste Sache, die ihr an einer Person auffiel.
Seine Hände hatten lange, schmale Finger mit sauberen
kurzen Nägeln. Die Knöchel waren vernarbt, als ob er
mit ihnen oft gegen scharfe Kanten stieß. Die Venen auf
seinem Handrücken ragten markant hervor, wie Flüsse,
die sich durch die Landschaft schlängelten. Sehnig.
Kräftig. Es waren ausdrucksvolle und arbeitende
Hände. Hände, die wahrscheinlich niemals eine Mani-
küre erfahren hatten. Der Kragen seines Hemdes
öffnete sich und enthüllte tief gebräunte Haut und
mehr als nur ein paar dunkelblonde Brusthaare. Aus

dieser Entfernung hätte sie seine dicken glatten Haare berühren können, die ihm in die Stirn fielen, aber sie hatte die Befürchtung, dass ihr das vielleicht zu gut gefallen könnte. Daher hob sie einfach ihr Kinn und atmete lang und tief durch die Nase ein und aus.

Er roch wunderbar. Teuer und markant. Auf einer Skala für den Testosteronspiegel von eins bis zehn würde sie ihm eine Zwölf geben. Von den sonnengebleichten Haaren auf seinen Armen und der Art und Weise, wie sich seine Nackenmuskeln bei seinen Bewegungen beugten, bis hin zu dem Besserwisser, der sich auf das Lächeln verließ, das er ihr in diesem Moment schenkte. Er war ein Traum, der sich in keine Schublade pressen ließ. Es war ganz natürlich, dass sie sich zu ihm hingezogen fühlte. Normalerweise war sie gegen diese Reize immun. Sie war dieser Art von Infektion schon öfter in ihrem Leben ausgesetzt gewesen, hatte sie aber immer überlebt. Ihre Arbeit bei den Tauchgängen bescherte ihr immer wieder männliche Kunden, die für ihr Selbstbewusstsein und ihren Charme eine eigene Milchstraße gebraucht hätten. Aber Ben Adams stellte so viel Charme zur Schau, gegen den sie sich trotz ihrer Erfahrung mit gut aussehenden Männern nur schlecht wehren konnte.

»Ich wollte Ihnen nicht zu nahe kommen«, sagte er entschuldigend.

Toni hatte die Befürchtung, dass er das auch genau so meinte. Einen Moment war sie von seiner Person und seiner Ausstrahlung so in den Bann gezogen worden, dass sie sicher zu viel in sein Verhalten hineininterpretiert hatte. Nicht auszumalen, was er nun von ihr denken könnte. Sie spürte, wie sie glutrot wurde. Das zweite Mal nach letzter Nacht, dass er sie so sah. Sie schämte sich, was ihre Gesichtsfarbe nicht verschwinden ließ. Sie wartete auf einen Kommentar von ihm, aber Ben Adams hüllte sich in Schweigen. Das rechnete sie ihm hoch an. Es wäre ein billiger Sieg für ihn gewesen, aber er hatte die Chance nicht ergriffen.

»Wohin gehen wir?«, fragte er, als sie vor ihm zur Haustür ging und sich ihren Mantel und einen roten Schal aus dem Schrank holte. Kräftige Farben standen ihr ausgezeichnet.

»Zu *Joey*«, antwortete sie. »Klein, sehr gemütlich. Gutes Essen zu fairen Preisen.«

»Sie haben aber schon verstanden, dass ich Sie einlade?«, fragte er und klang belustigt.

»Kein Grund, unnütz Geld auszugeben«, erwiderte sie spitz. Sie war in einen ihrer Stiefel geschlüpft, aber er wollte nicht über ihre Ferse rutschen. »Außerdem haben wir kein *Hilton* hier in Maryland, wie Sie das vielleicht von den Florida Keys gewohnt sind.«

»Ich komme nicht aus Florida Keys«, sagte er. »Halten Sie doch mal still.«

Er beugte sich hinunter und zog an dem Schaft ihres Stiefels. Ihr Fuß glitt nun mühelos hinein. Er nahm den zweiten und wartete darauf, dass sie ihr anderes Bein hochhob. Sie tat es und stützte sich auf seinen Schultern ab. Die ganze Szene hatte so etwas Intimes, dass sie spürte, wie ihr erneut die Röte ins Gesicht stieg. Sie versuchte, dagegen anzukämpfen. Das schien halbwegs zu funktionieren. Die Hitze verschwand wieder. Was war nur los mit ihr? Sie war doch sonst nicht so leicht zu beeindrucken? Sie rief sich ihre erste Begegnung gestern Nacht ins Gedächtnis. Das hier war kein Date. Sie durfte nicht vergessen, warum er wirklich nach Fine Falls gekommen war.

Sie öffnete die Tür und ging ins Treppenhaus mit der schmalen Stiege, die nach unten führte. Außer Nancy wohnte auf der anderen Seite des Flurs ein junger Musiker, der oft unterwegs war. Sie bekamen ihn selten zu Gesicht. Er war ein leiser, unauffälliger Nachbar, dessen einziger Fehler war, nie die Eingangstür zur Straße abzuschließen. Daher hatte Ben Adams sofort an der Wohnungstür gestanden und nicht erst unten geklingelt. Wenn Toni ihn über die Sprechanlage hätte abfangen können, wäre es fraglich gewesen, ob sie ihn überhaupt hereingelassen hätte. Irgendeine Ausrede wäre ihr schon eingefallen. Jetzt war sie froh, dass es nicht dazu gekommen war. Sie hätte den ganzen Sonntag gegrübelt, was am Montagmorgen auf sie zukommen würde. Das blieb ihr nun erspart.

Ben wartete, bis sie die steilen Stufen hinabgestiegen war, und folgte ihr dann. Heute Morgen hatte es eine kurze Zeit heftig gegraupelt, aber als ob sich das Wetter für diesen Fauxpas entschuldigen wollte, schob die Märzsonne die tief hängenden Wolken resolut zur Seite, um ihnen einen Blick auf ein Stück blauen Himmel zu gewähren. Ein Vorgeschmack auf den Frühling. Toni fiel auf, wie sehr sie die Wärme der Sonne vermisst hatte. Sie ging automatisch nach links den

Bürgersteig entlang. Ben Adams folgte ihr und hatte sie mit ein paar Schritten wieder eingeholt.

»Soll ich ein Taxi rufen?«, fragte er.

»Wann waren Sie das letzte Mal in einer Klein-stadt?« Toni lachte belustigt. »Wenn Sie heute am Sonntag eins auftreiben können, sind Sie der Held der Stunde.«

Sie stellte fest, dass es sie Mühe kostete, mit ihm Schritt zu halten. Sie mussten für Außenstehende ein ulkiges Paar abgeben. Allein der Gedanke, dass andere ein Paar in ihnen sehen könnten, bewirkte, dass sie schon wieder rot wurde. Sie ärgerte sich darüber, dass sie sich so albern aufführte. Aber Ben Adams hatte etwas an sich, mit dem sie schlecht umgehen konnte. Es wurde höchste Zeit, wieder wachsam zu werden und auch zu bleiben. Er war immer noch der Mann, der sie um ihren Job bringen konnte.

»Nach Ihnen«, sagte Ben galant, nachdem er die Tür des *Joey's* geöffnet hatte.

Das Restaurant war um die Mittagszeit an einem Sonntag nur spärlich besucht. Toni konnte sich an Zeiten erinnern, in denen die Lokale immer voll gewesen waren. Vor der Wirtschaftskrise, die das Land seit 2008 streckenweise immer noch lahmlegte. Die Menschen hatten nicht mehr genug Geld, um es für solchen Luxus wie Essengehen zu verschwenden. Toni war damals zwar erst 13 Jahre alt gewesen, ein Alter, in

dem das Leben vor ihr lag und jeder Tag neu und span-
nend war, aber sie konnte sich daran erinnern, dass ihr
Vater leise und sorgenvoll mit ihrer Mutter in der Küche
diskutiert hatte. Er besaß eine kleine Trockenbaufirma,
die sich zwar wieder aufrappeln, aber den Rückschlag
nie ganz verwinden konnte.

Fast umgehend tauchte die Serviererin wie aus dem
Nichts vor ihnen auf – fast so, als hätte sie im Hinter-
grund auf sie gewartet – und brachte sie an einen Tisch,
der in einer Nische zwischen der Bar und der Garderobe lag. Schwere dunkle Holztische mit prächtigen
goldenen Intarsien, an denen Stühle mit Samtbezug
standen. Jeder Bezug hatte eine andere kräftige Farbe.
Ein Kontrast, der avantgardistisch wirken sollte, aber in
dem Zusammenspiel nicht funktionierte. Toni dachte
an ihre Mutter. Susan Halliday hatte Antiquitäten
geliebt, die sie handverlesen mit modernen Möbeln
kombinierte, was der Atmosphäre ihrer Inneneinrich-
tung einen ganz besonderen Chic verlieh. Dem Restaurant hätte ein Innenarchitekt sicher gutgetan. Dennoch
konnte man hier schmackhaft essen, was die Bewohner
von Fine Falls auch zu schätzen wussten.

Toni studierte die Karte und fragte sich, ob sie mit
dem *Joey's* die richtige Wahl getroffen hatte. Ben Adams
war es sicher gewohnt, in anderen Restaurants zu essen.
Sie hatte nie viel Ahnung von teuren Stoffen gehabt,
aber ihr Zusammenleben mit Nancy hatte ihren Blick
geschärft. Der Anzug, den Adams trug, war auf jeden
Fall teuer gewesen. Sie hasste es, von ihm vielleicht als
Landei abgestempelt zu werden, aber es war zu spät,

sich Gedanken darüber zu machen, welchen Eindruck sie bei ihm hinterließ. Zwölf Stunden zu spät, um genau zu sein. Ihren Stempel hatte sie sicher bereits letzte Nacht von ihm aufgedrückt bekommen. Sie musterte ihn, als er jede Seite der kleinen Speisekarte studierte. Er wirkte dabei sehr konzentriert.

»Krabbensandwich«, sagte er, nachdem er die Karte durchgeblättert hatte. »Hört sich gut an.«

»Ich nehme das Western Omelett«, sagte Toni schnell, bevor er merkte, dass sie ihn beobachtete, und legte die Karte zur Seite. »Und ein Mineralwasser.«

»Vielleicht ist das besser«, erwiderte er. »Nach dem gestrigen Abend.«

Toni wollte aufbegehren, sah dann aber, dass er lächelte. Es war sein Versuch, ihre erste Begegnung zu entspannen und wie ein Freund zu wirken anstatt wie jemand, der ihr in der Shipwreck Diving Company überstellt war. Der Versuch war zwar ein wenig lahm gewesen, aber gut gemeint. Sie würde es als eine nette Geste verbuchen. Sie gaben ihre Bestellung auf, was den Zeitpunkt hinauszögerte, nach dem sie eine Unterhaltung führen mussten, von der Toni nicht einmal ansatzweise wusste, wie sie sie gestalten sollte. Ihre Sorge war unnötig, denn im Gegensatz zu ihr war Ben Adams durchaus in der Lage, ein Gespräch am Laufen zu halten.

»Wie viele Mitarbeiter haben Sie hier in Fine Falls?«, fragte er.

Toni war fast ein wenig enttäuscht. Sie hatte vermutet – vielleicht sogar gehofft –, mehr Privates von ihm zu erfahren. Aber das hier war kein Date. Sie durfte nicht vergessen, warum er hier war.

»Zwölf insgesamt«, antwortete sie. »Vier in Rose Haven und noch mal vier weiter oben in Fairhaven. Einer im Büro in der Innenstadt, zwei in unserem Geschäft für Tauchzubehör. Und natürlich ich selbst.«

»Das sind eine ganze Menge«, sagte er. »Auf jeden Fall zu viel für den Umsatz, den Sie machen.«

»Es sind fast zu wenig«, erwiderte sie und spürte einen Anflug von Ärger. »Bei den Tauchgängen arbeiten wir in zwei Schichten. In jeder Schicht muss ich wenigstens zwei Mitarbeiter haben. Shirley im Büro arbeitet nur bis mittags. Das, was danach an Buchungen reinkommt, erledige ich.«

»Ich habe nicht gesagt, dass Sie nicht arbeiten«, erwiderte er geduldig. »Das Verhältnis stimmt aber nicht. Das lässt sich ganz einfach ausrechnen. Das ist Betriebswirtschaft.«

»Wir sind noch im Aufbau«, entgegnete sie. »Das habe ich Ihnen bereits gesagt. Wir können nicht von Anfang an schwarze Zahlen schreiben. So viel verstehe ich von Betriebswirtschaft auch noch.«

»Eine schwarze Null wäre zumindest ein Anfang«, sagte er. »Die sollte durchaus möglich sein. Rote Zahlen über Monate hinweg sind für mich ein Indikator, dass es bei Ihnen nicht rundläuft.«

Toni überkam das unangenehme Gefühl, auf dem Prüfstand zu stehen. Das hatte sie das letzte Mal gehabt, als sie mit dem Berater der Bank gesprochen hatte, nachdem sie die Hypothek auf dem Haus ihrer Eltern nicht mehr bedienen konnte. Der Mann, ein schmieriger Schnösel mit Halbglatze, war ebenso herablassend gewesen. Eine Woche später kam eine Inkassofirma und räumte das Haus leer.

»Ziemlich viel Finanzgeplänkel für einen PR-Berater«, erwiderte sie und merkte, dass sie wütend wurde. »Ich dachte, Sie sollen mich beim Marketing beraten?«

»Das haben Sie mir schon einmal vorgeworfen«, sagte er. »Vorhin, bei Ihnen in der Wohnung, wissen Sie noch?«

»Ich bin nicht senil«, entgegnete sie.

Tatsächlich fiel es ihr jetzt erst wieder ein. Sie ärgerte sich, sich nicht daran erinnert zu haben. Sie musste wie ein Trottel wirken, der nicht in der Lage, ein paar neue, originellere Sätze vom Stapel zu lassen. So schien es, als drehten sich ihre Gedanken immer nur im Kreis.

»Sie fühlen sich schnell angegriffen, was?«, fragte er. »Das müssen Sie ablegen. Es bringt uns nicht weiter. Ich komme morgen zu Ihnen in den Betrieb und muss mir sicher sein, dass Sie mir nicht in den Rücken fallen. Wenn Ihre Mitarbeiter Sie mögen, sehen die mich sofort als Gegner.«

Toni dachte an Shirley, die ihr jeden Morgen einen Bagel aus dem Coffeeshop in der Jefferson mitbrachte, an James, der ihr angeboten hatte, ihr bei ihrer Steuererklärung zu helfen, und nicht zuletzt an Brad, der immer besorgt war, dass sie nicht zu viel arbeitete. Komisch, sie hatte seit heute Morgen nicht mehr an ihn gedacht. Ob er vorhatte, heute bei ihr vorbeizukommen? Wenn ja, würde er sie nicht antreffen, weil sie mit Adams, der sich gerade wieder zu einem Kotzbrocken entwickelte, beim Lunch saß. Das Leben war unfair. Daran hatte sich seit ihrem Umzug nach Fine Falls nichts geändert.

»Ich werde Ihnen sicher nicht in den Rücken fallen«, erwiderte sie und fühlte sich dabei absurderweise sehr erwachsen. Auch wenn sie es schon lange war, kam ihr Kopf dabei nicht immer hinterher. »Aber ich werde auf keinen Fall zulassen, dass Sie meine Mitarbeiter infrage stellen.«

»Sind Sie immer so?«, fragte Ben unvermittelt. »Das ist – nebenbei gesagt – ziemlich anstrengend. Ich will Ihnen helfen. Irgendwie scheinen Sie das noch nicht verstanden zu haben.«

Anstrengend war in dem Fall etwas Gutes, konstatierte Toni für sich. *Anstrengend* war ein Zeichen, dass sie sich von ihm nicht ins Bockshorn jagen ließ. Als *anstrengend* zu gelten, war besser, als dass er in ihr keine ernst zu nehmende Gegnerin sah.

»Seien Sie nicht so mürrisch«, sagte sie. »Sie möchten eigentlich gar nicht hier sein. Das merke ich.«

Wie sie zu dieser Erkenntnis kam, konnte sie auch nicht so genau sagen. Es schien jedoch die richtige Bemerkung zu sein, denn sein Gesicht verfinsterte sich.

»Ich bin nicht mürrisch«, entgegnete er. »Hören Sie überhaupt jemals zu, wenn ich etwas sage?«

»Ja. Aber es fällt mir schwer zu verstehen, was Sie sagen«, erwiderte sie. Sie hatte das Gefühl, einen Sieg errungen zu haben, wenn sie auch nicht bestimmen konnte, worin dieser bestand.

Toni sah genau, dass mit dem Mann, der vor ihr saß, etwas nicht stimmte. Seine Schultern waren angespannt, seine Kiefer fest verschlossen und diese Augen waren überhaupt nicht mehr braun, sondern so grau und stählern wie die Meereswellen auf dem Pazifik. Dunkel, stürmisch und beunruhigend. Alles an seiner Körpersprache vermittelte ihr, dass es ihm absolut keine Freude bereitete, hier mit ihr in einem Raum zu sein.

Sie verstand ihn. So verrückt es sich auch anhörte. Die letzten 24 Stunden mussten eine ziemliche Achterbahnfahrt für ihn gewesen sein. Seine Anreise aus Mikronesien, nach der er auf eine Niederlassung traf, die mit ihrem ersten Auftritt sicher in die Firmenannalen eingehen würde, zu wenig Essen, zu wenig Schlaf und eine renitente Chefin, die nicht den Anschein erweckte, als würde sie es ihm leicht machen, seine Aufgabe zu erledigen.

Toni blickte schnell zur Seite und tat so, als würde sie die Tageskarte auf der Kreidetafel studieren. Warum brauchte das Essen so lange? Wahrscheinlich kam es ihr nur so lange vor, weil sie nicht wusste, wie sie das Gespräch in Gang halten sollte. Umso dankbarer war sie, als die Kellnerin kam und ihnen das Essen brachte. Sie spießte mit der Gabel ein großes Stück Omelett auf, pustete und steckte es sich in den Mund. Es war köstlich. Ihr wurde bewusst, dass sie nicht gewartet hatte, bis Ben Adams den ersten Bissen seines Essens nahm.

Wenn er schon bezahlte, wäre das das Minimum an Höflichkeit gewesen.

»Guten Appetit«, sagte der nur. Es war unmöglich zu erkennen, was er dachte.

Sie hatten das *Joey's* schweigend verlassen und gingen ebenso schweigsam die Main Street entlang. Nach ihrem Wortgefecht wollte das Gespräch zwischen ihnen nicht mehr in Gang kommen. Ben Adams stellte Fragen nach dem Ablauf der Tauchgänge, die Toni einsilbig beantwortete. Sie wollte es ihm nicht leicht machen, nachdem er sie und ihre Arbeit angegriffen hatte. Umso überraschter war sie, als er auf ihre höfliche Frage, ob er noch mit in die Wohnung kommen wolle, kurzerhand mit Ja antwortete. Zu spät bemerkte sie, dass es wie eine Aufforderung zum Sex geklungen haben musste. Gott sei Dank wurde dieser Eindruck wieder abgemildert durch den Umstand, dass Nancy zwischenzeitlich nach Hause gekommen war. Toni hörte sie reden, als sie die Haustür aufschloss. Sie nahm an, ihre Freundin würde telefonieren, umso überraschter war sie, als sie Brad auf der Couch sitzen sah. Er wirkte neben den lilafarbenen Plüschkissen ungewöhnlich, aber längst nicht so deplatziert wie Ben. Ihr fiel auf, dass sie Brads Anwesenheit fast ein wenig störte, schob das aber auf die Anspannung, die sich ihrer seit heute Nacht bemächtigt hatte und immer noch wie ein Ball im Magen herumrollte. Sie wusste nicht, ob sie in der Lage war, sich auf beide

Männer zu konzentrieren. Doch Nancy erwies sich wie immer als Herrin der Lage.

»Ich habe mich schon gefragt, wo du bist«, sagte sie zu Toni gewandt, während sie hinter dem Raumteiler hervortrat, um Ben Adams die Hand zu geben. »Nancy Coleman«, begrüßte sie ihn. »Tonis Freundin. Wir haben uns heute Nacht bereits gesehen«, schob sie nach für den Fall, dass er nicht von selbst darauf gekommen wäre.

»Ben Adams. Aber ich gehe davon aus, dass Sie wissen, wer ich bin«, sagte er und nahm ihre Hand. Offenbar drückte er stärker zu, als Nancy erwartet hatte. Sie verzog einen kurzen Moment schmerzverzerrt das Gesicht, ließ sich aber nichts weiter anmerken.

»Ihr Name ist heute Morgen bereits das eine oder andere Mal gefallen«, erwiderte sie schlagfertig. Toni bewunderte sie dafür. Ihr fielen die guten Antworten meist erst ein, wenn es zu spät war. »Ich hoffe, Sie haben gut auf mein Mädchen aufgepasst?«

»Wir waren beim Lunch«, warf Toni ein, die sich fragte, welche Assoziationen der Ausdruck *mein Mädchen* in Bens Kopf wecken würde. Nancy hatte Toni seit dem Tag ihrer ersten Begegnung unter ihre Fittiche genommen und nahezu akribisch darauf geachtet, dass sie wieder auf die Beine kam, sich dennoch nicht überarbeitete und es ihr gut ging. Toni wusste nicht, ob Nancy sich Kinder wünschte – darüber hatten sie tatsächlich noch nicht gesprochen –, aber sie würde eine fantastische Mutter abgeben.

»Sie ist immerhin wohlbehalten zurück«, entgeg-

nete Ben. Seine Augen waren wieder dunkler geworden, aber diesmal wirkte es nicht bedrohlich. Er schien
sich zu amüsieren. »Ich pflege unseren Filialleitern
nicht beim Essen den Kopf abzureißen.«

»Dann bekämen Sie es auch mit mir zu tun.«

Brad war von der Couch aufgestanden und legte
Toni seinen Arm um die Schulter. Sie hatte bereits
vergessen, dass er ebenfalls hier war. Es war das erste
Mal, dass er wirklich körperliche Annäherung
versuchte. Ihr wäre lieber gewesen, wenn er seinen Arm
wieder weggenommen hätte, sie wusste aber nicht, wie
sie das bewerkstelligen sollte. Sie unterdrückte den
Impuls, ihn abzuschütteln, kam sich dann aber dumm
vor. Schließlich hatte sie seit Wochen auf diesen
Moment gewartet. Warum war es ihr dann auf einmal
nicht recht?

»Und Sie sind?«, fragte Adams gelassen.

»Das ist Brad Hampton«, kam Toni diesem zuvor.
»Sie haben ihn vielleicht auch gestern Abend schon
gesehen. Er arbeitet mit Kelly an der Tauchbasis in
Rose Haven, hilft aber auch im Geschäft aus.«

»Sie machen also die Tauchgänge?«, fragte Ben.

»Tauchen, Kunden betreuen, Buchungen entgegen-
nehmen. Der Mann für alles, wenn Sie so wollen.«

Brad betonte das Wort *Mann* fast unnatürlich. Ben
verzog leicht die Mundwinkel.

Toni hatte gespürt, wie sich Brads Körper bei Bens
Frage angespannt hatte, sodass er wie ein Brett an ihrer
Seite wirkte. Er stand nur einen Meter von Ben entfernt,
wobei der Größenunterschied zwischen ihnen deutlich

auffiel. Er war nur einen Kopf größer als Toni, was sie als angenehm empfand. Bei ihrer geringen Größe musste sie oft genug zu anderen Menschen hinaufschauen. Seine Finger schlossen sich fest über ihre Schulter. Sie spürte, wie sich seine Fingerkuppen in ihr Fleisch unter dem Schultergelenk bohrten. Sie blickte zu Nancy und merkte, dass es ihr auch aufgefallen war.

»Wir sollten uns setzen«, sagte sie daher unvermittelt, um Toni die Gelegenheit zu geben, sich unter Brads Arm herauszuwinden. »Ich habe Kuchen mitgebracht. Meine Mutter wollte mich nicht ohne den gehen lassen.«

Sie brachten jeden Sonntag Kuchen mit nach Hause, mit dem sie sich bereits in der gemütlichen Küche ihrer Eltern vollgestopft hatten, sodass Toni sich immer wie ein prall gefülltes Sofakissen fühlte. Ihre eigene Mutter hatte viele wunderbare Talente gehabt. Backen hatte jedoch nicht dazu gehört.

Sie setzte sich auf das Sofa und hoffte einen Moment, Ben würde sich zu ihr setzen. Der nahm jedoch auf dem Sessel neben dem Raumteiler Platz. Seine Bewegungen waren immer fließend, wirkten beinahe filigran. Brad ließ sich neben sie in das Polster fallen. Einen Moment fürchtete sie dabei, sie würde zur Seite gegen ihn kippen, konnte aber dann doch das Gleichgewicht halten. Was hatte er bloß hier zu suchen? Es war das erste Mal, dass er in Nancys Wohnung auftauchte. Sie fragte sich, welchen Eindruck das auf Ben Adams machte. Brad, der auf der Tauchbasis, auf dem Boot und im Wasser Souveränität ausstrahlte, vermittelte in ihrem Wohnzimmer einen fast tölpelhaften Anschein. Er passte einfach nicht in diese Szenerie. Auf einmal wurde ihr klar, woran es lag. Ben war ein Mann und Brad trotz seiner 28 Jahre immer noch ein Junge.

Nancy kam aus der Küche und stellte ein Tablett mit Kaffeetassen, Tellern und Besteck auf den tiefen Couchtisch. Toni wollte sich erheben, um ihr zu helfen, aber Nancy wehrte ab.

»Brad, holst du bitte den Kuchen aus der Küche? Ich sehe dann nach, wie lange die Kaffeemaschine noch braucht«, sagte sie und lächelte ihn so an, wie sie es tat, wenn sie im Coffeeshop immer nach den größten Muffins fragte. Sie hatte einen kleinen herzförmigen Mund, babyblaue Kulleraugen und kräftige honigblonde Locken. Sie bekam den Muffin jedes Mal. Auch bei Brad verfehlte das seine Wirkung nicht. Ben und Toni blickten ihnen hinterher, als sie in der Küche verschwanden.

»Ihr Freund?«, fragte er dann.

»Ein Freund«, korrigierte Toni ihn. Ihr war wichtig, dass er nichts anderes dachte. Der Firmenleitung war es sicher nicht recht, wenn sie mit einem Mitarbeiter mehr als eine Freundschaft verband. Sie war ehrlich genug zuzugeben, dass sie damit ihre Abneigung gegen Brads Annäherung vor sich selbst rechtfertigte.

»Wie lange ist er bei uns?«

»Seit fünf Monaten«, antwortete sie. Sie war froh, dass sie wieder vernünftig miteinander redeten. Sie hätte sich Vorwürfe gemacht, wenn sie sich nach dem

Mittagessen schweigend getrennt hätten und das somit Bens letzter Eindruck ihrer gemeinsam verbrachten Zeit gewesen wäre.

»Er passt nicht hierher«, konstatierte er. »Er sieht nach Aussteiger aus. Strand, Sonne und surfen. Easy living. Sie wissen, was ich meine.«

»So etwas hat er tatsächlich schon gemacht«, sagte Toni.

»Wo war das?«

»Woher soll ich das wissen?«

Das war Toni herausgerutscht. Es konnte auf keinen Fall die richtige Antwort sein. Das wusste sie in dem Moment, als die Worte über ihre Lippen gesprungen waren wir kleine freche Spatzen, die man nicht bändigen konnte.

»Sie sollten das wissen, Miss Halliday«, erwiderte Ben auch prompt. »Er ist einer Ihrer Angestellten. Keiner verlangt von Ihnen, einen Privatdetektiv auf Bewerber anzusetzen oder einen Lügendetektortest mit ihnen zu machen. Trotzdem müssen Sie nach grundlegenden Dingen fragen.«

»Ich glaube nicht, dass er einen umgebracht hat.«

Schon wieder die burschikosen Sprüche, die schneller waren, als ihr Verstand funktionierte. Hatte sie nicht vorhin noch geglaubt, nicht schlagfertig sein zu können? Ben Adams setzte offenbar neue Talente in ihr frei. Das lag sicher daran, dass er sie immer bis aufs Blut reizte.

»Wer hat einen umgebracht?«, fragte Nancy, als sie mit der Kaffeekanne aus der Küche kam. Brad folgte ihr mit einem Teller Apfelkuchen und versuchte dabei, an Nancy vorbeizukommen. Es gelang ihm nicht. Nancy hatte sich bereits neben Toni gesetzt. Verdrossen nahm Brad auf dem Klappstuhl Platz, den er von einem Haken an der Wand nahm. Toni fragte sich, was ihre Freundin zu ihm in der Küche gesagt haben mochte.

»Brad. Zumindest ist Mr. Adams der Meinung«, erwiderte Toni provokant. Was zum Teufel tat sie hier? Sie redete sich um Kopf und Kragen. Mal wieder. »Ich hätte mehr in seinem Leben herumschnüffeln sollen, bevor ich ihn eingestellt habe.«

»Das habe ich so sicher nicht gesagt, Miss Halliday«, entgegnete Ben. Er hatte sich zwar im Sessel merklich aufgerichtet, wirkte jedoch nicht sonderlich aufgebracht. Warum auch? Sie verhielt sich mehr wie ein trotziges Kind als eine erwachsene Frau. Mit Kindern hatte man größere Nachsicht, wenn sie etwas Dummes sagten.

»Was soll das hier?«, fragte Brad. Sein Gesichtsausdruck hatte etwas Gefährliches bekommen. Er sah nicht mehr aus wie der Sonnyboy, den man sich bei Wind und Wellen auf einem Surfbrett vorstellt. »Wenn Sie was über mich wissen wollen, dann fragen Sie mich gefälligst selbst.«

»Ich suche mir erst einmal ein vernünftiges Hotel«, erwiderte Ben Adams und erhob sich. »Wir besprechen das morgen im Büro.«

Er nickte Nancy zu und verließ die Wohnung.

KAPITEL 5

»Was für ein absolut beschissener Tag«, sagte Toni trüb-sinnig und blickte durch die Gardinen auf die verein-zelten Flocken, die vor der Scheibe ziellos herumwirbelten. So musste es in ihrem Inneren aussehen.

Die Dunkelheit war hereingebrochen. Nancy hatte den elektrischen Kamin angemacht und die Kerzen auf dem Küchentisch angezündet. Sie flackerten und warfen Schatten an die Wand. Die Atmosphäre hätte alle Voraussetzungen gehabt, ihnen einen gemütlichen Sonntagabend zu bescheren, an dem sie ein Glas Wein zum Abschluss tranken und Serien im Fernsehen ansa-hen. Vor nicht einmal 24 Stunden hatte Toni daran auch noch geglaubt. Nun saß sie in der Küche und stocherte lustlos in den Nudeln, die Nancy gekocht hatte.

»Ansichtssache«, erwiderte Nancy gelassen.

Sie hatte sich umgezogen und trug einen der pinkfarbenen Hausanzüge, die sie auch in ihrem Geschäft verkaufte. Sie waren aus Frottee und der Renner bei alleinstehenden Frauen, die ihre Abende auf der Couch verbrachten und Eiscreme direkt aus der Packung löffelten. Wahrscheinlich war das das Geheimnis ihres Erfolges. Sie nähte nur Anziehsachen, in denen sich ihre Kundinnen wohlfühlen konnten. Sei es bei einsamen Abenden oder einer schicken Einladung zum Essen.

»Schön, dass es dich nicht zu sehr belastet«, entgegnete Toni. »Du hast dich auch nicht wie eine Idiotin aufgeführt. Den Part habe ich ganz gut allein hinbekommen.«

»Das hast du nicht«, sagte Nancy. »Du lässt dir nur nicht alles gefallen. Dieser Adams spinnt, wenn er das nicht sieht.«

»Das werde ich spätestens morgen erfahren. Was sollte er anderes tun, als mich entlassen?«

»Davon redest du schon seit gestern Nacht«, sagte Nancy. »Und? Hat er das bis jetzt getan? Er hätte heute immerhin mehrmals die Gelegenheit gehabt, es zu tun.«

Im Gegensatz zu Toni litt sie nicht an Appetitlosigkeit. Sie hatte sich viele Jahre selbst kasteit und versucht, den Körper zu bekommen, den einem die Gesellschaft vorgaukelte, haben zu müssen. Als sie sich an einem Tag in einen zu engen Rock quetschte, wurde ihr klar, wie verrückt sie sich verhielt. Ab dem Tag hatte Nancy beschlossen, ihre falschen Ideale über Bord zu werfen und sich und das Leben so zu nehmen, wie es war.

»Das muss nichts heißen«, erwiderte Toni missmutig.

Dabei hatte Nancy recht. Sie hatte heute zu keiner Zeit das Gefühl gehabt, um ihren Job fürchten zu müssen. Im Gegenteil. Sie hatte sogar einen Draht zu Ben bekommen. Sie verstand sich selbst nicht. Offenbar legte sie es darauf an, ihr Leben ganz alleine zu zerstören. Dazu brauchte sie Ben Adams gar nicht.

»Auf jeden Fall hat sein Besuch hier Auswirkungen auf deinen Brad«, ignorierte Nancy Tonis letzte Bemerkung und nahm sich ein zweites Mal vom Nudelauflauf. Mit diesem Thema wurde Toni jedoch auch nicht glücklicher. In ihrem Kopf spulte sie die erste Begegnung der beiden Männer noch einmal ab. Wie unbedeutend Brad neben Ben gewirkt hatte.

»Oder ist er nicht mehr *dein* Brad?«, fragte Nancy, die die manchmal beunruhigende Gabe hatte, im Kopf ihrer Freundin scheinbar spazieren gehen zu können. Toni wollte sich diese Frage nicht beantworten.

»Ich wünschte, er wäre nicht gekommen«, sagte sie stattdessen. »Es war irgendwie ... unpassend. Fast, als wolle er sein Revier markieren.«

»Damit ist wenigstens bewiesen, dass er dich mag«, entgegnete Nancy lakonisch. »Schließlich sieht dieser Adams wirklich verdammt gut aus, das musst du zugeben. Auch wenn du den nicht magst.«

»Kann sein«, sagte Toni ausweichend. Sie wollte nicht an Bens braune Augen, seinen Dreitagebart und den muskulösen Körper erinnert werden. Warum beschäftigte sie das dennoch so?

»Mein Gott, du magst ihn?«

Nancy ließ ihre Gabel sinken und nahm sie über die Kerze auf dem Esstisch hinweg fest ins Visier. Toni versuchte, ihr Gesicht dahinter zu verstecken. Doch die Kerze war leider nicht groß genug.

»Nein, das tue ich nicht«, antwortete sie heftiger, als sie es wollte und wurde rot. Nancy lachte ihr glockenhelles Lachen.

»Komm, Toni, mach mir nichts vor. Dafür kenne ich dich mittlerweile nun wirklich zu gut. Außerdem ist er tatsächlich heiß. Das ist schlecht zu übersehen.«

»Er sieht ganz gut aus«, räumte Toni ein. »Aber was mir das helfen soll, weiß ich wirklich nicht. Das bedeutet schließlich nicht, dass er mich auch heiß findet. Es gibt sicher genug Frauen, die ihm hinterherlaufen.«

»Vielleicht ja, vielleicht nein«, sagte Nancy. »Das kannst du nicht wissen. Außerdem macht er auf mich einen sehr bodenständigen Eindruck. Er hat so gar nichts von einem Macho.«

»Dafür ist er wahrscheinlich zu humorlos«, erwiderte Toni. Sie merkte, wie sehr sie darauf gewartet hatte, mit Nancy über Ben zu sprechen. Brad hatte sie in ihren Gedanken vorerst zu einer Randerscheinung degradiert.

»Auf mich macht er einen sehr netten Eindruck.« Nancy kaute gedankenverloren auf einem Stück Schinken herum. »Ich glaube, dass er sehr charmant sein kann, auch wenn er sich alle Mühe gibt, unbeteiligt und distanziert zu wirken.«

»Ich verstehe nicht, was du alles in ihm siehst«, sagte Toni und merkte, dass sie Nancys defensive Haltung Ben gegenüber nervte. Sollte ihre beste Freundin nicht zu ihr halten und mit ihr ausgiebig über diesen Mr. Perfekt herziehen? »Er ist ein überheblicher, bornierter Kerl, der nur zufrieden ist, wenn er andere belehren kann.«

»Du weißt aber, dass Konflikte ein Zeichen für gegenseitige Anziehung sind?«

»Du genießt das richtig, stimmt's?«

»Ich versuche, dir nur einen Schubs in eine bestimmte Richtung zu geben. Schließlich hast du alle Voraussetzungen, diesem Ben den Kopf zu verdrehen und diese ganze Untersuchung positiv für dich zu beenden. Was für ein Glück, wenn der dafür auch noch so gut aussieht.«

»Dann soll ich mit ihm schlafen, um meinen Job zu retten?«

»Wenn es dir Spaß macht, warum nicht?«, erwiderte Nancy trocken.

»Ich wusste gar nicht, dass du so eine verlotterte Einstellung hast. Meine Freundin will mich unbedingt zum Flittchen machen.«

Toni warf ein Stück Möhre nach ihr, dem Nancy geschickt auswich.

»Wenn es einem höheren Zweck dient«, sagte diese und konterte mit dem Wurf ihrer zerknüllten Serviette.

»Ich bezweifle, dass Brad darüber begeistert sein wird.«

»Dann sag es ihm einfach nicht«, schlug Nancy in ihrer praktischen Art vor. »Schließlich habt ihr keine Beziehung. Noch nicht. Das gibt dir alles Recht der Welt, Ben ein bisschen besser kennenzulernen. Vielleicht weißt du Brad danach erst richtig zu schätzen.«

Beschäftigt mit diesen neuen Überlegungen gab Toni es auf, sich weiter zum Essen zu zwingen.

Das Büro der Shipwreck Diving Company befand sich ebenfalls in der Main Street, zwischen dem Geschäft von Jean's Boutique und dem Tea Room. Die roten Backsteinfassaden gaben der Straße ein eigentümliches Flair, das Toni jeden Tag aufs Neue begeisterte und ihr das Gefühl gab, sich in der Vergangenheit zu befinden. Selbst das noch unbequeme Märzwetter konnte dieses Gefühl in ihr nicht unterdrücken.

Es war acht Uhr und somit würde es noch eine Stunde dauern, bis der Erste ihrer Mitarbeiter anfing. Sie kam nicht jeden Tag so früh, wollte sich aber auf die Begegnung mit Ben vorbereiten. Sie schloss die Tür auf und trat in das Hauptbüro, in dem immer noch ein schwacher Geruch von Pizza in der Luft hing. Toni öffnete das Fenster zur Straße hin. Sie wollte Ben Adams nicht unnötig an die Party von Samstagnacht und ihre erste Begegnung erinnern.

Shirley Stevens war eine fantastische Mitarbeiterin,

kollegial, freundlich und liebevoll. Sie war eine der ersten Bewerber gewesen, die sich auf den Job gemeldet und Toni bereits nach fünf Minuten in den Bann gezogen hatte. Leider war sie längst nicht so organisiert und ordentlich wie Toni. Das wurde dieser jetzt besonders schmerzvoll bewusst. Sie suchte nach den Abrechnungen des ersten Quartals, fand aber in der Schublade, in der sie sie vermutete, nicht mehr als einen leeren Ordner und Bonbonpapier. Sie schaute auf die Uhr und atmete tief ein, um sich zu beruhigen. Sie hatte noch genug Zeit und so groß war das Büro nicht. Wenn Shirley die Unterlagen nicht mit nach Hause genommen hatte, würde sie sie hier finden.

Toni selbst war nicht immer so ordentlich und organisiert gewesen. Wenn man aus dem flauschigen Chaos von Nancys Wohnung in Tonis Zimmer kam, hatte man das Gefühl, eine andere Welt zu betreten. Alles lag penibel an seinem Platz und die Cremedosen im Badezimmer standen Spalier wie kleine Zinnsoldaten, die darauf warteten, loszumarschieren. Toni erinnerte sich wehmütig an ihr großzügiges Zimmer im Haus ihrer Eltern, das immer unaufgeräumt gewirkt hatte. Wenn die Art zu leben Rückschlüsse auf die eigene Entwicklung gab, konnte Toni sehen, wie sehr sie sich in den letzten Jahren verändert hatte.

Sie fand die Mappe mit den Buchungsbestätigungen im Schrank hinter dem Schreibtisch unter *erledigt*, was sogar eine gewisse Logik ergab, wenn man bereit war, sich auf Shirleys Ordnungssystem einzulassen. Sie setzte sich auf den Holzstuhl mit der runden

Lehne, der sich trotz seines Alters geschmeidig und nahezu geräuschlos drehte, und blätterte die Buchungen der letzten Monate durch. Im Büro selbst kam der größte Teil der Buchungen herein, was Toni nicht sonderlich überraschte. Hier wurden sowohl die Besucher vor Ort als auch die Onlinebuchungen verwaltet, die einen ordentlichen Batzen am Gesamtgeschäft ausmachten. Die Buchungen für die Laufkundschaft wurden an den beiden Standorten am Wasser und in ihrem Geschäft für Tauchzubehör abgewickelt. Die Umsätze waren durchwachsen. Toni wusste, dass es bei den anderen Tauchbasen an der Chesapeake Bay direkt am Wasser besser lief.

An einem Tag im letzten Oktober war sie mit Nancys Auto die Küste entlanggefahren. Nancys Wagen war ein sechzehn Jahre alter Chevrolet, dessen Armaturenbrett gebrochen und die Sitze an der Fahrerseite bereits abgeschabt waren. Die Heizung funktionierte nicht und der Motor machte merkwürdige Geräusche. Toni hatte Zweifel gehabt, ob der Wagen den ganzen Weg die Bay entlang durchhalten würde, aber zwei Stunden später kam sie auf wundersame Weise und mit der Erkenntnis reicher wieder nach Fine Falls, dass sie zumindest äußerlich nichts von den anderen Tauchfirmen unterschied.

Toni lehnte sich im Stuhl nach hinten und rollte ein Stückchen zurück gegen den Aktenschrank an der Wand, damit sie ihre Füße an der Schreibtischkante abstützen konnte. Zwischen dem Schreibtisch und dem

Schrank war nicht viel Platz. Sie war mit ihrer Größe von 1,64 Metern die Einzige, die das konnte.

Toni hatte kurz nach der Highschool am Community College einen Kurs für Betriebswirtschaft belegt, weil ihr Vater der Meinung gewesen war, dass ihre Welt nicht nur aus Tauchen bestehen konnte. So sehr er ihren ursprünglichen Plan, Forschungstaucherin zu werden, auch unterstützt hatte, legte er Wert darauf, dass sie sich ebenfalls in den Bereichen des Lebens auskannte, die mit Geld zu tun hatten. Toni wünschte sich, sie hätte damals besser aufgepasst. Vielleicht hatte Ben Adams ja recht. Sie war die Falsche für den Job.

Sie spürte, wie sich hinter ihren Augenlidern Tränen nach vorne kämpfen wollten, schluckte sie jedoch energisch hinunter. Aufgeben war keine Option. Als sie die Nachricht vom Tod ihrer Eltern erreicht hatte, befand sie sich gerade zum Tauchen in Kalifornien. Es war der letzte unbeschwerte Sommer ihres Lebens gewesen. Nachdem sie nach der Beerdigung zwei Wochen im Haus verbracht hatte, ohne sich zu waschen oder überhaupt etwas zu tun, stand sie an einem Morgen um drei Uhr nachts auf und beschloss, dass ihr Leben auf jeden Fall weitergehen würde. Sie wanderte stundenlang durchs Haus und räumte sowohl ihr Leben als auch ihr Innerstes auf. Sie würde es hier und heute nicht anders machen. Dafür musste sie Adams allerdings neue, frische Ideen präsentieren.

Toni schaltete den Computer ein, öffnete den Browser und surfte auf die Seite der Dixie Divers, ein

Unternehmen, das sich auf Tauchgänge für Kinder spezialisiert hatte. Diese boten Erlebnistauchen mit einem Aufenthalt in einem Sommercamp an. Ein komplettes Paket, bei dem Eltern ihre Sprösslinge gut aufgehoben wussten. Ben hatte von Marketing gesprochen, dem Zauberwort der Neuzeit, von dem jeder sprach, aber nur die wenigsten genau wussten, was damit gemeint war. Sie betrachtete aufmerksam den Internetauftritt der Dixie Divers, klickte sich durch die einzelnen Seiten und bekam allmählich ein Gefühl, was Marketing bedeutete. Ihr Blick schweifte durch das Büro mit den abgenutzten Möbeln und Wänden, die einen neuen Anstrich vertragen könnten. Was sahen ihre Kunden, wenn sie hereinkamen, außer einem fast lieblos gestalteten Raum? Sie würden hier dringend etwas ändern müssen. Gleich heute. Sie kramte einen Schreibblock aus Shirleys oberster Schublade, zog einen Kugelschreiber aus dem Stifthalter mit dem im Wasser schaukelnden Delfin und begann, sich Notizen zu machen.

Sie würde Ben Adams beweisen, dass sie das hier konnte, und die Shipwreck Diving Company zu der besten Filiale machen, die die Ostküste jemals gesehen hatte.

»Was machst du denn schon hier?«, fragte Shirley Stevens eine Stunde später, als sie durch die Tür kam und das Wendeschild auf die Geöffnet-Seite drehte. Die Schnee- und Graupelschauer der letzten Nacht waren einem zartblauen Himmel mit vereinzelten Wolken gewichen. Es versprach ein schöner Tag zu werden, der einige Besucher von der Ostküste hierherlocken würde, jedoch kam selten jemand vor elf Uhr.

Shirley war eine Mittdreißigerin ohne Partner. Sie hatte Maryland ihr ganzes Leben nicht verlassen und auch wenn sie behauptete, nicht nur in Fine Falls gewesen zu sein, wusste Toni nicht, ob sie ihr das glauben sollte. Nancy, die eigentlich fast alle in der kleinen Stadt kannte, musste zugeben, sich nie ernsthaft mit Shirleys Leben beschäftigt zu haben. Toni wusste aber, dass sie mit ihrer Mutter am westlichen Ende von Fine Falls lebte. Diese war eine gebeugte, immer ärgerlich wirkende Frau, die manchmal im Büro vorbeikam, um sich bei ihrer Tochter über die Unfreundlichkeit des Personals in den Supermärkten zu beschweren und ihr auftrug, was sie nach ihrem Feierabend einkaufen sollte. Am Anfang hatte Toni sich noch darüber gewundert, warum sie das nicht selbst erledigte, da sie sowieso schon den weiten Weg in die Innenstadt zurückgelegt hatte. Als sie aber bemerkte, wie müde und frustriert Shirley nach jedem dieser Besuche wirkte, wollte sie ihre Mitarbeiterin nicht mehr danach fragen.

Shirley stellte eine Tüte auf den Tisch mit Bagels vom Shop an der Ecke. Die holte sie jeden Morgen. In einer halben Stunde würden die Mitarbeiter der Standorte kommen und den vor ihnen liegenden Tag besprechen.

»Ich wollte einen Vorsprung haben, bevor dieser

Mr. Adams eintrifft«, sagte Toni und überlegte, ob es Sinn machte, Shirley in ihre erneute Begegnung von gestern einzuweihen. Aber was würde es bringen? Shirley war froh, einen Job zu haben, der es ihr ermöglichte, ihre Mutter und sich selbst durchzubringen. Sie würde nicht wissen wollen, wie das Geschäft im Detail funktionierte. Sie war jeden Tag pünktlich, zuverlässig und aufmerksam zu ihren Kunden, aber kaufmännisch eine Katastrophe.

»Der Typ von Samstagnacht? Kommt der wirklich, um uns in den Hintern zu treten?«

»Sieht so aus«, antwortete Toni ausweichend. Sie öffnete die Tüte und sog den Duft der frisch gebackenen Bagels ein. Sie hatte noch nicht gefrühstückt, weil der vor ihr liegende Tag ihr heute Morgen wie ein Klumpen im Magen gelegen hatte, aber allmählich bekam sie Hunger.

Sie hörte das Schloss an der Tür klacken und hob den Kopf. Stacey und Paul traten ein. Mit ihnen wehte ein kühler Luftzug herein, der vom Meer kam und nach Salz und Wind roch.

Stacey war eine sehnige, straffe Schönheit mit schwarzen Haaren und einem großen Mundwerk, aber einem Herz aus Gold. Sie bildete mit Paul eines der Teams, das am Standort in Fairhaven arbeitete. Die beiden waren seit ihrer Kindheit die besten Freunde. Paul wirkte wie ihr Zwilling, nur rothaarig und mit Sommersprossen. Sie verkörperten beide eine Agilität und Sportlichkeit, neben der sich Toni immer unscheinbar vorkam. Beide waren jedoch lustig und herzlich.

»Wo ist dieser Typ?«, fragte Stacey, als sie ihre Sporttasche neben den Wasserspender plumpsen ließ.

»Mr. Adams?«, korrigierte Toni sie sanft. »Er wird sicher nicht mehr lange auf sich warten lassen.«

Sie fragte sich, wo Ben blieb. Sie hatte eigentlich angenommen, ihn heute Morgen bereits im Büro vorzufinden und war dankbar gewesen, dass sich ihre Befürchtung nicht bestätigt hatte.

»Hat er Ärger gemacht wegen der Party?«, fragte Paul, als er mit der Kaffeekanne aus dem kleinen Badezimmer neben dem Aufenthaltsraum herauskam und Wasser in die Maschine füllte.

»War nicht so schlimm«, erwiderte Toni. »Es hat ihn mehr gestört, dass wir gestern geschlossen hatten.«

Und dass sie ihren Job nicht richtig machte, dachte sie, sprach das aber nicht laut aus.

»Konnte auch keiner ahnen, dass der ausgerechnet an dem Abend kommt«, sagte Stacey, die wie Toni zuvor ihre Nase in die Tüte mit den Bagels steckte. »Du solltest auch einen Blaubeermuffin mitbringen, Shirley. Habe ich dir am Freitag extra noch gesagt.«

»Tut mir leid. Denke ich morgen dran«, erwiderte sie friedlich. »Vorausgesetzt, wir dürfen morgen überhaupt noch hier frühstücken.«

Toni war sich da selbst nicht sicher. Sie ärgerte sich, ihre Mitarbeiter gestern nicht noch angerufen zu haben, um das gemeinsame Frühstück abzusagen. Sie malte sich aus, was das auf Ben für einen Eindruck machen würde. Den zweiten in gerade mal 30 Stunden.

Die Tür ging erneut auf und Brad kam herein. Er trug eine dunkle Jeans mit passender Jacke und ein gelb-rot gestreiftes Bandana. Gab es eine Altersgrenze, wie lange so etwas an einem Mann gut aussah? Toni gab Ben insgeheim recht. Er passte hier nicht rein. Sie hatte ein schlechtes Gewissen, wie sie ihn gestern behandelt hatte, und schenkte ihm ein Lächeln. Brad blickte sie an, erwiderte es allerdings nicht. Toni fragte sich, wie viel ihr das wirklich ausmachte.

»Ist dieser Kerl noch nicht da?«, richtete er seine Frage knapp an Toni vorbei, indem er Paul ansah.

»Wir warten schon auf ihn«, antwortete Toni anstelle von Paul. Sie durfte sich von Brad nicht ignorieren lassen. Was sich zwischen ihnen privat abspielte, hatte nichts damit zu tun, dass sie hier sein Boss war. Wenn sie sich von seiner ablehnenden Haltung einschüchtern ließe, würde sich das auf ihr Ansehen auswirken. Das durfte auf keinen Fall passieren. Vor allen Dingen nicht, wenn Ben Adams hier war.

»Was meinst du, Toni: Kann der uns Ärger machen?«, fragte Stacey. Sie sah beunruhigt aus. Sollte Toni darüber froh sein oder wäre es besser gewesen, wenn ihre Mitarbeiter sich nicht aus der Ruhe bringen ließen?

»Ich bin mir nicht sicher«, antwortete sie, obwohl sie es besser wusste. »Wäre möglich. Daher werden wir uns alle etwas zusammenreißen müssen.«

Sie stand auf, quetschte sich an Shirley vorbei und

öffnete die Tür zum Aufenthaltsraum. Dabei blieb sie an einem Nagel hängen und verzog schmerzhaft das Gesicht.

»Wir sollten anfangen. Die anderen werden sicher auch gleich kommen«, sagte sie. »Shirley, in der Zwischenzeit machst du hier ein wenig Ordnung. Verstanden?«

Toni war nie autoritär und es fühlte sich nicht besonders gut an. Sie schloss die Tür hinter sich und ließ Shirley sprachlos mit offenem Mund zurück.

»Mr. Adams wurde von der Zentrale geschickt, weil unsere Zahlen nicht gut genug sind«, sagte sie ein paar Minuten später, als sich alle gesetzt und sich einen Bagel genommen hatten.

Die Tür ging auf. Linda und Davis kamen herein. Toni zeigte vorwurfsvoll auf die staubige Uhr an der unverputzten Betonwand. Davis zuckte entschuldigend mit den Schultern, während Linda fast provozierend langsam Platz nahm. Toni wusste zwar, dass Linda sie mochte, was diese aber nicht davon abhielt, sie manchmal zu provozieren. Linda besaß eine kaufmännische Ausbildung, die sie in einer Firma an der Westküste absolviert hatte. Toni bezweifelte keinen Moment, dass Linda besser für ihren Posten qualifiziert war als sie, auch wenn keine der beiden es offen aussprach.

»Wissen die dort nicht, dass wir erst seit einem halben Jahr am Markt sind?«, fragte Kelly rhetorisch. Sie hatte einen scharfen Verstand. Toni erinnerte sich, dass sie vor ein paar Jahren für einige Monate die

Harvard Business School besucht hatte, bevor sie alles hinwarf, nur um frei zu sein.

»Das Argument habe ich auch schon gebracht. Aber sie vergleichen uns mit anderen Unternehmen vor Ort. Bei denen läuft es einfach besser.«

»Ich verstehe nicht, wieso das so ist«, sagte James. Er war schmächtig und spitznasig, hatte aber das Talent, die Kunden bestens zu unterhalten. »Ich finde, wir haben echt gut zu tun. Das Boot ist eigentlich immer voll besetzt.«

»Es ist gut besetzt«, korrigierte ihn Brad. »Das ist aber auch schon alles. An manchen Tagen ist es ziemlich mau.«

»Dann hast du eine andere Wahrnehmung als ich«, erwiderte James. Er wirkte neben Brad wie ein Schüler aus der Unterstufe, ließ sich aber davon nicht einschüchtern.

»Wenn die Umsätze so toll wären, müssten wir uns jetzt nicht mit diesem Sonnyboy aus Florida herumschlagen«, konterte Brad.

»Die Diskussion bringt nichts«, schaltete Toni sich ein. »Die Zahlen sind nun mal eine Tatsache. Ich glaube nicht, dass Mr. Adams daran interessiert ist, was wir von der Sache halten. Wir brauchen mehr Umsatz.«

»Dann stell mehr Leute ein«, sagte Cindy, die bislang noch geschwiegen hatte, dafür aber umso konzentrierter die Pastrami zwischen den Brothälften herauspickte.

»Glaubst du wirklich, Mr. Adams wird es überzeugen, wenn wir bei schlechten Umsätzen noch mehr Personal einstellen?«

»In Krisenzeiten Personal abzubauen ist ein schwerer wirtschaftlicher Fehler«, sagte Kelly.

Toni hatte sich auf den Hocker neben dem Whiteboard gesetzt und hoffte, in der Unterhaltung ihrer Mitarbeiter irgendetwas zu hören, was sie weiterbringen würde. Es traf sie zwar nicht das erste Mal, einsehen zu müssen, dass sie von betriebswirtschaftlichen Dingen keine Ahnung hatte, diesmal dafür jedoch besonders hart. Sie hasste es, Ben recht geben zu müssen, wenn auch nur insgeheim. Was tat sie eigentlich hier? War es das, was sie wirklich machen wollte? Sie überlegte – und das ebenfalls nicht zum ersten Mal –, dass Linda eine wesentlich bessere Chefin abgeben würde als sie.

»Wie sollen wir mit diesem Adams umgehen?«, fragte diese Toni jetzt direkt.

»Höflich«, antwortete sie wie aus der Pistole geschossen. »Hilfsbereit. Vor allen Dingen einsichtig. Ich glaube, er ist ein Mensch, der sehr gerne recht hat. Aber er will uns helfen. Das hat er gesagt und ich glaube ihm.«

»Hat er dir das gestern Abend noch erzählt?«, hörte sie Brads Stimme von der Seite. Er saß an der Ecke, wo zwei Tische aufeinandertrafen, und hatte die Beine übereinandergelegt, damit sie nicht an die Tischbeine stießen. Sein Gesichtsausdruck war ruhig, aber sein Tonfall aggressiv. Den anderen schien es auch aufzufallen. Sie blickten sich beunruhigt an.

»Hast du den gestern noch getroffen?«, fragte Cindy dann in die Stille.

»Ja«, gab Toni zu. »Und nein. Er ist bei mir zu Hause aufgetaucht und wollte mich sprechen. Wegen der Party. Und wegen dem, weshalb er hier ist. Wir waren zusammen essen. Es klingt lustiger, als es sich anhört«, verteidigte Toni sich. Wie konnte sie ihren Mitarbeitern klarmachen, dass sie ihnen nicht in den Rücken gefallen war. Im Gegenteil. Sie hatte sich wahrscheinlich komplett lächerlich gemacht.

»Lasst Toni in Ruhe«, sagte Shirley, die in der Zwischenzeit eingetreten war und eine Thermoskanne Kaffee auf den Tisch stellte. »Sie hat es schon schwer genug. Denkt mal vernünftig nach. Warum sollte sie mit diesem Adams gemeinsame Sache machen? Sie ist diejenige, die eure Haut retten wird.«

Toni blickte Shirley dankbar an. Sie war sich bis heute nicht bewusst gewesen, wie loyal sie war. Sie beschloss, ihr bei der nächsten Gelegenheit etwas Nettes zu sagen. Komplimente nahm Shirley zwar nicht so gerne an, aber es war allemal besser, als sie nicht wissen zu lassen, was ihre Freundschaft für Toni bedeutete.

»Was für einen Eindruck hast du von ihm?«, fragte Kelly.

»Ich glaube nicht, dass er uns schaden will«, antwortete Toni. Sie dachte an ihre Unterhaltungen mit Ben am gestrigen Tag und war sich sicher, dass sie mit ihrer Einschätzung richtiglag. Ben hatte ein ernsthaftes Interesse daran, diesen Standort zum Laufen zu bringen.

»Leute, ich weiß, ihr macht alle eure Arbeit«, sagte Kelly. »Wir dürfen nicht zulassen, dass diese diskreditiert wird. Wir stehen nicht gut da, das ist richtig. Aber ich bin sicher, wir haben alle Möglichkeiten, diese Filiale zu einem Erfolg zu machen.«

Toni hatte noch nie motivierende Reden halten müssen und war sich sicher, dass sie nicht besonders geschickt darin war. Umso besser fühlte sie sich, Rückendeckung von Kelly zu bekommen. Kelly war eigenwillig und unkonventionell, aber zu keiner Zeit diffamierend und hinterlistig. Toni beschloss, sich mit ihr über den Fortbestand der Filiale zu beratschlagen.

Tonis Gedanken schweiften ab, als die anderen weiterdiskutierten. Sie fühlte sich nie wohl, wenn sie im Mittelpunkt stehen musste. Das hatte sie eindeutig nicht von ihrer Mutter geerbt. Die war Lehrerin an einer Middleschool gewesen und sprühte nahezu vor Elan und Energie. Toni nahm sich vor, ihre Mitarbeiter zukünftig enger in ihre Entscheidungen einzubinden.

Sie horchte wieder auf, als die anderen aufstanden, um sich auf den Weg zu machen.

»Ich glaube nicht, dass das Meeting bereits vorbei ist«, sagte plötzlich eine dunkel vibrierende Stimme an ihrer linken Seite. »Ich bin Ben Adams.«

KAPITEL 6

Toni hatte die Tür nicht aufgehen hören und stellte fest, dass es den anderen auch so ergangen war. Seltsamerweise fühlte sie sich erleichtert, Ben zu sehen. Ihr war nicht wohl dabei gewesen, vor ihren Mitarbeitern eine Ansprache zu halten, die bestimmt von ihr die Lösung des Problems erwartet hatten. Sie war sich sicher, dass Ben die bessere Wahl dafür war. Dieser trat ganz in den Raum und schloss die Tür hinter sich. Toni ließ sich wieder auf den Hocker neben dem Whiteboard fallen.

»Bleiben Sie ruhig hier vorne bei mir, Miss Halliday«, sagte Ben und streckte seinen Arm nach ihr aus.

Toni unterdrückte den Reflex, nach seiner Hand zu greifen. Wie sich seine Hände wohl anfühlen mochten? Sie war sich sicher, dass sie warm und weich, aber dennoch so fest waren, um ihr die nötige Sicherheit zu geben. Wie sich herausstellte, wollte Ben Toni nicht an die Hand nehmen, sondern auf den Platz neben sich zeigen, an dem sie eigentlich stehen sollte. Nicht auszudenken, wenn sie ihrem ersten Impuls gefolgt wäre. Das hätte sich nicht nur nahtlos in die Kette ihrer Blamagen vor Ben eingefügt, sondern ihren Mitarbeitern ebenfalls gezeigt, dass sie entweder nicht Herrin der Lage war oder mit dem PR-Berater gemeinsame Sache machte. Trotzdem erhob sie sich folgsam und stellte sich neben ihn.

»Ich nehme an, Miss Halliday hat euch bereits alles Wichtige gesagt«, fuhr Ben an die Mitarbeiter gewandt fort. »Ich hoffe, ihr seht mich nicht als Feind, denn das bin ich nicht. Ich werde euch helfen, den Laden hier in Schwung zu bekommen.«

»Wir wissen nicht, woran es liegen könnte«, sagte James. »Meiner Meinung nach haben wir genug zu tun.«

»Du bist ...?«, fragte Ben.

»James«, antwortete der Angesprochene und lächelte ihn an. Normalerweise wurde er mit Fremden nicht so schnell warm. Ben hatte offenbar eine positive Wirkung auf ihn.

»James«, wiederholte Ben und lächelte zurück. »Dafür bin ich hier. Miss Halliday und ich werden das gemeinsam analysieren.«

Toni fiel auf, dass er James mit seinem Vornamen, sie aber noch konsequent mit Miss anredete. Sie wusste nicht, warum, aber es gab ihr einen Stich. Sie fühlte sich zurückgesetzt.

»Ich würde vorschlagen, dass ihr jetzt alle zu euren Standorten fahrt und euch an die Arbeit macht«, sagte Ben. Er drehte sich wieder Richtung Tür und zeigte damit, dass die Unterhaltung vorerst beendet war. Das Geräusch von rückenden Stühlen erfüllte den Raum.

»Miss Halliday, wir gehen in Ihr Büro«, sagte Ben. »Sie haben doch ein Büro?«

»Ja«, antwortete sie einsilbig.

Sie war sich nicht sicher, ob in seiner Bemerkung eine Spitze versteckt war. Sie gingen durch den Verkaufsraum zu ihrem Büro auf der anderen Seite. Shirley am Empfang warf ihr einen mitleidigen Blick zu.

Tonis Reich war kaum so groß, dass es den Namen Büro verdient hätte. Es war ein fensterloser Raum mit einem wackeligen Schreibtisch, der quer an der Wand stand. Wenn sie die Tür aufmachte, musste sie immer aufpassen, dass sie damit nicht an die Schreibtischkante stieß. Ben trat mit ihr ein, sodass sie enger an ihn heranrücken musste, um die Tür wieder schließen zu können. Sie nahm die Wärme seines Körpers und seinen Geruch war. Er roch nach Zimt und Sandelholz. Sie hätte gerne länger neben ihm verweilt, aber Ben setzte sich auf den Hocker an der anderen Seite ihres Schreibtisches. Toni glitt ebenfalls auf ihren Bürostuhl.

»Um wie viel Uhr machen die Standorte auf?«, kam Ben sofort zur Sache.

Toni hätte sich ein paar persönlichere Worte für ihr Wiedersehen gewünscht. Aber Ben hatte entweder noch an dem zu knabbern, was gestern passiert war, oder einfach kein Interesse mehr daran.

»Um elf Uhr«, antwortete sie. Sie hatte am Anfang überlegt, die Filialen an der Bay ebenfalls um neun Uhr zu öffnen, war jedoch von ihren Mitarbeitern überstimmt worden, da die eigentlichen Tauchgänge nicht vor halb zwölf anfingen. Nun wünschte sie, sie hätte sich durchgesetzt.

»Ist das nicht ein wenig spät?«, fragte Ben auch prompt.

Sie hätte ihm erklären können, warum sie das damals für eine vernünftige Idee hielten, glaubte allerdings nicht, dass es einen Unterschied machen würde. Ben Adams hielt es für zu spät. Fertig.

»Wahrscheinlich«, antwortete sie daher nur.

Ben seufzte. Es war offensichtlich, dass er nicht zufrieden war. Ob es an der Lage an sich oder nur an ihrer Person lag, konnte Toni nicht deuten. Sie fühlte sich einmal mehr als Versagerin. Wie hatte sie der Meinung sein können, es wäre alles gut so gewesen, wie es lief? Die Tauchgänge wurden rege gebucht und die Standorte schienen ausgelastet zu sein. Sie dachte an ihre Party vom Samstag. Zu diesem Zeitpunkt war die Welt noch in Ordnung gewesen. Sie hatte einen Job, der ihr gefiel, neue Freunde und einen Mann, der sich für sie interessierte. Sie verdiente jeden Monat Geld, und wenn sie auch das meiste davon zum Begleichen ihrer Schulden verwenden musste, bewegte sich ihr Leben endlich wieder in eine erfolgversprechende Richtung. Wie konnte es wieder so schiefgehen?

»Was liegt Ihnen auf dem Herzen, Miss Halliday?«

Bens Stimme war tiefer geworden und strömte eine Welle von Vertrauen aus, die ihr das Gefühl gab, ihm alles sagen zu können.

»Ich habe gehofft, nicht alles falsch gemacht zu haben«, sagte sie und spürte, wie ihre Stimme zitterte. Verdammt, sie wollte ihm doch keine Angriffsfläche bieten. Zu weich zu sein war sicher nicht das, was sich die Shipwreck Diving Company von ihren leitenden Angestellten wünschte. Aber die Anspannung der letzten Stunden forderte ihren Tribut.

»Wer hat das denn gesagt?«, fragte Ben weich. Er klang ernsthaft verblüfft. »Es läuft nicht glatt, und dagegen werden wir etwas tun. Dazu gehört natürlich auch, dass Sie ein wenig Kritik einstecken müssen. Ich habe gestern Abend Bewertungen von Tauchern gelesen, die hier bei uns gebucht hatten. Sie waren fast ausnahmslos positiv. Das zeigt mir, dass Sie hier einiges richtig machen.«

An die Bewertungen im Netz hatte Toni gar nicht gedacht. Diese waren ein wichtiger Indikator für den Erfolg ihres Unternehmens. Wenn ihre Kunden der Meinung waren, sie würden ihren Job gut machen, kam das auch in der Zentrale in Florida an. Wieder einmal seit Bens Ankunft in Fine Falls schöpfte Toni Hoffnung.

»Können wir jetzt weitermachen?«, fragte Ben.

Seine Stimme war erneut unpersönlich geworden. Der kurze Augenblick, in dem Toni sich von ihm verstanden fühlte, war vorbei.

»Womit sollen wir anfangen?«, entgegnete Toni. Sie

setzte sich aufrecht und versuchte, eine geschäftsmä-
ßige Haltung einzunehmen. Sie ärgerte sich, Ben gegenüber Gefühle gezeigt zu haben, auch wenn er
offensichtlich selbst welche hatte. Aber die wollte er
anscheinend nicht an sie verschwenden.

»Ich möchte mir die Buchungsbestätigungen der
letzten Monate ansehen. Ich vermute, die finde ich im
Computer.«

»Nur die, die online hereinkommen«, antwortete
Toni und bekam wieder ein ziemlich schlechtes Gefühl.
»Diejenigen, die hier im Büro oder an den Standorten
hereinkommen, buchen wir so.«

»*So buchen* heißt in dem Fall was?«

»Jeden Abend bringt uns einer der Mitarbeiter das
eingenommene Geld vorbei. Shirley überträgt die
Einnahmen in unser Kassenbuch.«

Die Standorte in Rose Haven und Fairhaven hatten
zwar einen Computer, aber mehr als schmückendes
Beiwerk war der dort nicht. Sie füllten die Buchungsbestätigungen mit der Hand aus. Kassiert wurde bar oder
mit Karte. Touristen aus anderen Ländern hatten die
amerikanische Kreditkartenkultur allerdings noch
nicht in dem Maße verinnerlicht und bezahlten
lieber bar.

»Wann werden diese Daten in die Zentrale
übertragen?«

»Am Monatsende. Genauer gesagt am Anfang eines
neuen Monats. Hat man Ihnen die Zahlen nicht
gegeben?«

»Wenn ja, würde ich nicht danach fragen«, antwortete Ben, aber es klang nicht herablassend. »Besteht die Möglichkeit, einen Ausdruck davon zu bekommen?«

»Shirley kann das machen«, erwiderte Toni.

Sie stand auf und ging in den Empfangsraum. Sie sah, dass Ben sich ebenfalls erhob. In ihr regte sich erneut Widerspruch. War er der Meinung, sie würde versuchen, ihm etwas zu verheimlichen? Jedoch war es sicher vernünftiger, nicht schon wieder den nächsten Streit vom Zaun zu brechen.

Shirley telefonierte, hörte aber beinahe umgehend damit auf, als sie beide kommen sah. Toni vermutete, dass ihre Mutter wieder einmal angerufen hatte, um ihrer Tochter Instruktionen zu geben oder einfach nur zu jammern.

»Was kann ich für euch tun?«, fragte Shirley und schenkte Ben ein ganz besonders strahlendes Lächeln, ungefähr eins von der Art, das er vorhin bereits von James bekommen hatte. Shirley lächelte selten. Sie hatte in ihrer Lebenssituation auch nicht viel Grund dazu. Zwar war sie immer bemüht und freundlich, aber freudlos. Toni fand es schön, sie einmal von Herzen lächeln zu sehen, es wäre ihr aber lieber gewesen, wenn sie es nicht unbedingt bei Ben gemacht hätte.

Toni war kein Mensch, der sich lange etwas vormachte. Selbst in den dunkelsten Stunden ihres Lebens, wo das verständlich gewesen wäre, neigte sie dazu, sich schnell der Realität zu stellen. Daher war sie ehrlich genug zuzugeben, dass sie sich in Ben offenbar verliebt hatte. Das war die einzige Erklärung, warum sie sich in Bezug auf ihn so aufführte. Sie konnte nicht behaupten, dass ihr das gefiel, und hoffte, es würde schnell wieder vorbeigehen. Spätestens dann, wenn er sich auf den Rückweg nach Florida machte. Bis es allerdings so weit war, musste sie aufpassen, sich nichts anmerken zu lassen. Sie dachte kurz an Brad, aber von ihm hatte sie sich im Moment emotional so weit entfernt, als befände er sich am anderen Ende des Landes.

»Shirley, du kannst mir sicher die Zahlen des ersten Quartals beschaffen«, sagte Ben. Sein Tonfall verriet, dass er ganz fest davon überzeugt war, dass sie das konnte.

»Natürlich«, antwortete Shirley und errötete sogar ein wenig. Wenn Ben es bemerkt hatte, ließ er sich nichts anmerken. Sie bewegte die Maus und der Bildschirmschoner verschwand. »Ich drucke sie dir aus.«

»Du bist ein Engel«, sagte Ben, was ihre Hautrötung noch ein wenig vertiefte.

Wie lange hatte Ben sich mit ihr unterhalten, bevor er in den Aufenthaltsraum kam? Zumindest so lange, dass er bereits ihren Namen wusste und sie bereit war, ihre Loyalität gegenüber Toni über Bord zu werfen. Im selben Moment, als Toni das dachte, schämte sie sich schon dafür. Ben hatte nichts Schlimmes vor. Das hatte er ihr mehrmals versucht zu erklären. Wenn sie das nicht einsah, war es ausschließlich ihr Problem. Vielleicht sollte sie allmählich damit anfangen, sich Bens Vorschläge unvoreingenommen anzuhören.

Shirley zog eine Handvoll Blätter aus dem Drucker und reichte sie Ben über die hohe Empfangstheke. Er griff danach und zwinkerte ihr zu. Toni hatte er noch nie angezwinkert. Aber sie hatte ihm auch beileibe bis jetzt nicht viel Grund dazu gegeben. Er ging zurück in ihr Büro und Toni folgte ihm.

»Viel Glück«, raunte Shirley ihr im Vorbeigehen zu, was Toni erneut dazu veranlasste, sich zu schämen.

Sie setzte sich und wartete geduldig, bis Ben die Seiten durchgelesen hatte. Er hatte seine Brille hochgeschoben und seine Haarlocke, die ihm immer in die Stirn fiel, damit endgültig zu den anderen verbannt. Ohne die Brille wirkte sein Gesicht verletzlich und weich. Er bemerkte, dass Toni ihn beobachtete, und warf ihr einen nicht zu definierenden Blick zu.

»Shirley hat einen ordentlichen Job gemacht«, sagte er. »Sie hat über alles gewissenhaft Buch geführt.«

»Haben Sie daran gezweifelt?«, fragte Toni und versuchte, es nicht patzig klingen zu lassen.

»Ich finde die Ausgaben ein wenig hoch«, sagte er, ohne auf ihre Bemerkung einzugehen. »Ich werde mir das am Abend mal in Ruhe ansehen. Daher bleiben wir heute bei meiner ursprünglichen Idee und kümmern uns um ein vernünftiges Marketing.«

»Ich bin offen für Ideen«, erwiderte Toni.

»Das ist wenigstens schon mehr, als ich erwartet habe«, sagte er. Er lächelte und diesmal galt es rein ihr selbst. Sie spürte ein warmes Kribbeln ganz hinten an der Wirbelsäule.

»Was verkaufen Sie hier, Miss Halliday?«, fragte er unvermittelt.

»Das wissen Sie doch«, antwortete sie verwirrt. »Tauchgänge zu den Wracks in der Chesapeake Bay.«

»Nein«, entgegnete er. »Sie verkaufen ein Abenteuer. Etwas Spannendes. Das müssen wir unseren Kunden klarmachen.«

»Aha«, sagte Toni und fühlte sich überfordert.

»Wann waren Sie das letzte Mal an der Bay?«

Sie zögerte. Sie wusste es wirklich nicht mehr.

»Also zu lange her«, wartete Ben ihre Antwort nicht ab. Er erhob sich. »Kommen Sie. Das werden wir jetzt nachholen.«

Ben hatte nicht vorgehabt, es Toni Halliday zu einfach zu machen. Er wusste, es war nicht ihre Schuld, dass er hier sein musste, aber sein Vater war zu weit weg, um es ihn spüren zu lassen. Ben war mit Wut nach Fine Falls gekommen und bereit gewesen, diese an jemandem auszulassen. Aber je mehr er Toni kennenlernte, desto schwerer fiel es ihm, seinen ursprünglichen Plan durchzusetzen.

Er liebte große blonde Frauen, wie Gloria eine gewesen war. Obwohl er längst wusste, dass eine Traumfrau nicht unbedingt eine war, nur weil sie wie eine aussah. Aber alte Gewohnheiten saßen tief. Toni Halliday besaß nichts von dem, was sein Kriterium an eine Traumfrau erfüllte. Trotzdem hatte er sich Sonntagabend dabei ertappt, dass er an sie dachte, und diese Gedanken waren keinesfalls finster. Der Tag mit Toni war anstrengend gewesen und die Suche nach einem geeigneten Hotel hatte eigentlich nicht dazu beigetragen, seine Laune nennenswert zu bessern. Er fühlte sich körperlich und geistig müde. Sein Jetlag gepaart mit der renitenten Chefin des Standortes hatte sein Innerstes ausgelaugt.

Samstagnacht hatte ihn Tonis Verhalten entsetzt. Er war sich sicher gewesen, diese unmögliche Person schnell aus der Firma zu befördern. Aber bereits am Sonntag verschob sich das Bild, was er sich einen Tag zuvor von Toni gemacht hatte. Das, was er meinte, als Oberflächlichkeit zu erkennen, war ein Selbstschutz gewesen, der eine verletzbare, unsichere junge Frau durchschimmern ließ. Auf einmal kam ihm ihr Mund nicht mehr zu groß für ihr Gesicht vor und ihre geringe Größe war nicht mehr lächerlich klein, sondern zu behüten und zu verteidigen.

Er hatte Toni eine Weile beobachtet, als er die Tür zum Aufenthaltsraum geöffnet hatte. Links neben der Tür stand ein Kühlschrank, der ihn vor den anderen Mitarbeitern verborgen hatte. Hinter Toni an der Wand hing eine Tafel, die über die Hälfte der Raumbreite einnahm und vor der sie noch winziger wirkte als so schon. Er hatte auf einmal ein überwältigendes Verlangen empfunden, sie in den Arm zu nehmen und vor der Welt zu beschützen. Er fragte sich, was in ihn gefahren war.

Toni war angespannt. Das hatte sich seit gestern nicht geändert. Aber nicht nur das besorgte ihn. Sie hatte anscheinend ihr Feuer verloren, das er in den

Gesprächen mit ihr trotzdem noch glimmen sehen konnte. Er musste es nur wieder zum Leben erwecken. Ihre Leidenschaft war das Tauchen, so wie es auch seine war. Er sollte irgendwann einmal mit Toni tauchen gehen, damit sie sich wieder darauf besann, was für sie wirklich wichtig war. Vielleicht würde sie dann verstehen, was sie in ihren Kunden wecken sollte.

Sie verließen schweigend das Büro, vor dem Ben sein Auto geparkt hatte. Ein schmuckloser, funktioneller Mietwagen, wie man ihn überall in den Staaten fand. Er drückte den Türöffner und sie stiegen ein. Während Ben das Navigationsgerät programmierte, bemühte sich Toni augenscheinlich, nicht zu interessiert zu wirken. Aber es gelang ihr nicht gut.

»Wollen Sie nach Rose Haven?«, fragte sie. »Den Weg kann ich Ihnen zeigen. Dafür brauchen Sie das Ding nicht.«

Ben hätte ihr gerne gesagt, dass er sich lieber auf das *Ding* verließ als auf die Orientierungsfähigkeit vieler Frauen. Aber er glaubte nicht, dass er damit bei ihr Punkte gutmachen konnte.

Sie fuhren über die Broad Street aus Fine Falls hinaus und anschließend knapp drei Meilen auf dem State Highway Nummer 2 Richtung Norden, um dann auf 260 Ost abzubiegen. Der Wald nahm ab und wich Wiesen, die bereits um diese Jahreszeit mit einem satten Grün aufwarteten, umsäumt von schneeweißen Holzzäunen. Er war noch nie in Maryland gewesen und hatte sich die komplette Ostküste düster, dreckig und reizlos vorgestellt. Es war zwar kein Vergleich mit

Chuuk Lagoon, hatte aber doch seinen ganz eigenen Reiz. Ben ertappte sich dabei, dass ihm gefiel, was er sah. Die Wolken von heute Morgen hatten sich fast verzogen und die noch kühle Luft fand ihren Weg durch den Fensterspalt an Bens Fahrertür. Er sah, wie Toni das Kinn hob und sie durch die Nase einsog. Ihre Haltung wurde entspannter, als sie auf dem Highway dahinglitten. Es war schön, sie so zu sehen. Ihr Gesicht, das in seiner Nähe sonst immer ein wenig verkniffen war, hatte anscheinend den Widerstand aufgegeben. Die Sonne reflektierte in ihrem kastanienbraunen Haar, und er erkannte das erste Mal, wie schön sie war.

»Was haben wir denn vor?«, fragte Toni unvermittelt. Ihr Tonfall hatte diesmal nichts von der Aggressivität, die sonst in ihrer Stimme lag, wenn sie mit ihm redete. Es war schön, diese Stimme zu hören.

»Wir fahren an der Küstenstraße entlang nach Rose Haven. Ich bin noch nie in diesem Teil des Landes gewesen. Auf Google Maps sah der Ort vielversprechend aus.«

»Und was machen wir da?« Sie war tiefer in den Sitz gerutscht und malte mit dem Zeigefinger kleine Kreise auf die Scheibe.

»Runterkommen«, erwiderte er. »Spazieren gehen, etwas essen, uns unterhalten.«

»Alles Sachen, die wir auch in Fine Falls hätten machen können.« Sie klang ein wenig spöttisch, aber nicht genervt.

»Ich hatte genug Fine Falls für heute«, meinte er und drehte den Kopf in ihre Richtung.

Sie wandte sich ihm zu und ihr Mund öffnete sich zu einem Lächeln. In diesem Moment überkam ihn die Erkenntnis: Sie war es einfach. Er konnte sich nicht vorstellen, jemals wieder mit einer anderen Frau an die Küste zu fahren. Seit wann war er so gefühlsduselig? Er hatte sich Gefühle verboten, seit Gloria ihn mit dem Golfpartner seines Vaters betrogen hatte und mit ihm nach Texas verschwunden war. Wollte er sich das wirklich noch einmal antun?

»So schlecht ist es gar nicht«, sagte Toni. »Ich komme aus Oklahoma. Tornados und Erdbeben. Damals war es für mich immer der schönste Ort der Welt. Ich hätte nie irgendwo anders sein wollen.«

»Warum sind Sie weggegangen?«

»Ich war acht«, erwiderte sie, als würde das alles erklären. Aber er wusste, was sie meinte.

»In dem Alter wollte ich unbedingt in Alaska leben«, sagte er und musste bei der Erinnerung grinsen.

»Woher kommen Sie? Was haben Sie gemacht, bevor Sie zu der Shipwreck Diving Company kamen?«

Das war eine gefährliche Frage. Er durfte hier auf keinen Fall in eine Falle tappen, aus der er sich nicht mehr befreien konnte. Da es aber ziemlich anstrengend war, sich etwas auszudenken und das auch jederzeit wieder abrufen zu können, würde er so nah wie möglich an der Wahrheit bleiben.

»Ich wurde in Miami geboren und habe Biologie an der Universität von Chicago studiert«, sagte er daher. Das stimmte sogar.

»Wow, Biologie. Das ist von Public Relations ziemlich weit entfernt. Wie passt das zusammen?«

»Leben ist nicht Stillstand«, antwortete Ben kryptisch. Es war nicht seine beste Antwort, aber er konnte damit leben. »Haben Sie jemals darüber nachgedacht, Ihr Studium an der East Carolina doch noch zu beenden?«

»Dafür fehlt mir das Geld. Das habe ich Ihnen gestern doch schon erzählt.«

Ben wusste das, er hatte nur gehofft, sie hätte es vergessen. Aber auf die Schnelle war ihm keine andere Frage eingefallen, um sie von seiner Vergangenheit abzulenken. Lieber erweckte er den Eindruck, er habe ihr gestern nicht richtig zugehört.

»Ich weiß«, erwiderte er. »Gibt es keine Möglichkeit, ein Stipendium zu bekommen?«

»Hatten Sie denn eins?«, fragte sie stattdessen. »Die Universität von Chicago ist ziemlich teuer.«

Das war noch harmlos ausgedrückt. Buster Adams, den nicht viel im Leben schockieren konnte, hatte deutlich die Luft eingezogen, als der Studienbescheid kam.

»Kein Stipendium«, sagte er knapp. »Dafür ein ziemlich spendables Familienmitglied.«

»Der berühmte Erbonkel?«, fragte sie neckend.

»So ähnlich«, wich er aus. Gott sei Dank kam das Ortsschild von Rose Haven in Sicht. »Wir sind da«, sagte er. Er hoffte, dass Tonis Interesse an seiner Vergangenheit vorerst erschöpft war.

Sie fuhren an der Walnut Avenue entlang, die die Sicht auf das Wasser freigab. Das Wasser in der Bucht war ruhig und spiegelte sich in der Sonne. Es war nicht blau, wie er es liebte. Er hatte gelesen, dass der Salzwasseranteil der Bucht hier oben niedrig war, da sich das Wasser vom Pazifik mit dem Süßwasser der Flüsse vermischte, die vom Land aus in die Bucht flossen. Die Walnut Avenue entlang der Küste war wieder dichter bewaldet und von einer herben Schönheit.

Ben parkte in einer Haltebucht. Um diese Jahreszeit war es ruhig in den Küstenorten. Im Sommer würden Tausende Menschen die Chesapeake Bay besuchen, an den Stränden flanieren und in den kleinen Restaurants essen. Im Herbst flammte der Besucherstrom noch einmal kurz auf, wenn die Krabbensaison an ihrem Höhepunkt war. Das Wissen hatte er sich gestern Abend angelesen und hätte es gerne verwendet, um ein Gespräch mit Toni zu führen. Aber das fiel ihm auf einmal unglaublich schwer, seit sie das Auto verlassen hatten und er nicht mehr vorgeben konnte, sich auf das Fahren zu konzentrieren.

Toni war ein Stück vorgegangen, als er an einem Automaten ein Parkticket zog. Der stand ein ganzes Stück entfernt und Ben war froh, dass er nicht näher an ihm geparkt hatte. So bot sich ihm die Gelegenheit, Toni zu beobachten, die stehen geblieben war und ihren Kopf in den Wind steckte. Ihre rosa Jacke mit dem Webpelzkragen und den weißen Nähten blähte sich auf, sodass sie einen Moment aussah wie ein zu groß geratener Marshmallow. Ihre Haare waren offen und gaben dem Gegenwind nach. Sie wirkte noch verlorener als sonst. Ben stellte sich für einen Augenblick vor, er

118

würde hinter sie treten und ihren Oberkörper mit seinen Armen umschlingen. Leute hinter ihm hätten sie nicht mehr erkennen können. Einen größeren Schutz vor der Außenwelt hätte er ihr nicht bieten können.

Natürlich tat er es nicht. Er hatte Tonis Temperament bereits zu spüren bekommen und wollte sich nicht ausmalen, was sie alles zu ihm sagen könnte, wenn er seine Gedanken in die Tat umsetzen würde. Er beschränkte sich darauf, neben sie zu treten und sie sacht am Ärmel ihrer Jacke zu ziehen. Toni drehte kurz ihr Gesicht zu ihm und schaute dann weiter auf das Wasser der Bucht.

»Schön«, sagte sie nur.

»Sind Sie schon mal hier gewesen?«

»Ganz am Anfang. Danach bin ich einfach nicht mehr dazu gekommen. Es ist jeden Tag etwas anderes. Arbeit natürlich«, betonte sie extra, wahrscheinlich um einer bissigen Bemerkung von ihm zuvorzukommen. Dabei hatte er daran nicht einmal gedacht.

»Sie sollten sich Auszeiten nehmen«, sagte er. »Bestimmt sagt Ihnen das Ihre Freundin auch.«

Ben hatte zwar gestern nur kurz mit Nancy gesprochen, aber sie schien ihm eine vernünftige Person mit gesundem Menschenverstand zu sein. Ben mochte Menschen, die mit beiden Beinen im Leben standen.

»Nancy?«, fragte Toni. »Andauernd. Wenn es nach ihr ginge, müsste ich jeden Abend ausgehen und Spaß haben.«

»Wollen Sie denn jeden Abend ausgehen?«, fragte er sanft. »Ich glaube nicht, dass das etwas für Sie ist.«

»Warum sollte es nicht? Halten Sie mich für eine Spaßbremse?«

»Miss Halliday, es ist wirklich anstrengend, sich mit Ihnen zu unterhalten«, erwiderte Ben und seufzte. Irgendwie hatte er das Gefühl, das in Tonis Gegenwart häufiger zu tun. »Sie fühlen sich immer sofort angegriffen. Über was sollen wir reden? Schlagen Sie etwas vor. Welches Thema ist kein Minenfeld? Sagen Sie es mir.«

»Es tut mir leid«, sagte Toni. »Ich habe ständig das Gefühl, dass ich mich verteidigen muss.«

»Warum ist das so?«

Sie schwieg so lange, dass er schon bald glaubte, sie habe seine Frage nicht verstanden.

»Weil ich vielleicht wirklich unzulänglicher bin, als ich wirken möchte?«, fragte sie dann.

»Wie kommen Sie auf so einen Blödsinn? Nur weil im Moment nicht alles glatt läuft? Das kriegen wir schon hin, glauben Sie mir.«

Sie gingen wieder ein Stück schweigend nebeneinander her. Der Wind war abgeflaut und aus der Bucht zog ein kaum wahrnehmbarer Geruch von Fisch herüber.

»Es liegt nicht an der Arbeit hier«, fuhr Toni fort.

Ben war froh über ihre Antwort. Er hatte schon befürchtet, sie würde sich wieder vor ihm verschließen.

»Hier habe ich das Gefühl, mein Leben wieder ein Stück in den Griff zu bekommen. Ich habe Ihnen doch erzählt, dass ich nach dem Tod meiner Eltern das Studium nicht mehr bezahlen konnte.«

»Ja«, erwiderte Ben vorsichtig. Er wollte nicht riskieren, dass sie ihn nicht ins Vertrauen zog, nur weil er nun eine falsche Antwort gab.

»Mit dem Geld, das mir meine Eltern hinterlassen haben, wäre ich zurechtgekommen«, fuhr sie fort. »Mein Vater hatte eine kleine Trockenbaufirma, die die Rezession zwar getroffen hatte, aber nicht so stark, dass er sie nicht aufrechterhalten konnte.«

Ben wollte sagen, dass es vielen Firmen in der Zeit von 2008 so ergangen war, aber Toni war sicher nicht an einer Wirtschaftsanalyse interessiert. Sie machte immer noch den Eindruck, als wäre sie ein Vogel, der sofort aus seinem Käfig flattern würde, sobald jemand die Tür öffnete. Also sagte er nichts.

»Sie haben mir außer dem Haus noch genug Geld hinterlassen, um mein Studium zu finanzieren. Sie konnten nicht damit rechnen, dass es ihre Tochter für einen Traum zum Fenster hinauswirft, der sich schnell als heiße Luft entpuppt hat.«

Ben wartete, aber Toni sprach nicht weiter. Sie hatten eine Mauer erreicht, auf der zwei Kinder herumkletterten und kleine Steine herunterwarfen. Ihre Mütter saßen gelangweilt auf der Bank, die daneben stand, und starrten auf ihr Smartphone.

»Was ist passiert?«, fragte er vorsichtig.

»Haben Sie schon mal etwas von einer Expedition in die Arktis gehört, um ein im 19. Jahrhundert gesunkenes Schiff zu suchen?«

»Nein«, antwortete Ben wahrheitsgemäß. »Aber es klingt nach einer ziemlich bescheuerten Idee.«

Das Letzte war ihm so herausgerutscht. Es war

offensichtlich, dass diese Expedition die Ursache für ihr Dilemma war. *Bescheuert* war sicher ein Ausdruck, der ihre Gefühle verletzte. Aber Toni sah nicht getroffen aus.

»Sie bemerken das sofort. Ich habe es damals nicht bemerkt. Ich wollte daran glauben.«

»Sie haben den Leuten Geld gegeben.« Das war eine Feststellung, keine Frage.

»Meinem Professor, um genau zu sein. Ich habe ihm geglaubt, verstehen Sie. Und was noch schlimmer ist: Ich habe ihm vertraut.«

Enttäuschtes Vertrauen. Wie viel hätte Ben ihr darüber erzählen können. Ob es um eine Partnerschaft oder Geld ging, spielte dafür überhaupt keine Rolle. So etwas tat immer weh. Er hätte gerne etwas Tröstendes gesagt, aber er war ungeübt in solchen Dingen. Wahrscheinlich war es besser, Toni nur zuzuhören.

»Damit es richtig wehtut, hat es mir nicht gereicht, ihm nur das Ersparte zu geben. Ich habe eine Hypothek auf das Haus meiner Eltern aufgenommen.«

»Und das Haus verloren«, führte er ihren Satz fort.

»Ich konnte die Raten nicht mehr bezahlen«, sagte sie.

Die Promenade endete hier. Der Sandstreifen wich einem plötzlich anfallenden Hang aus Geröll. Der Weg wurde versperrt durch ein schmiedeeisernes Geländer, das den Blick auf einen Bachlauf freigab, der unter den Steinen herfloss, einen Strudel bildete und mit einem saugenden Geräusch im Wasser der Bay verschwand.

»Was halten Sie nun von dieser leitenden Angestellten, die sich so leicht übers Ohr hauen lässt?«, fragte Toni und drehte ihren Kopf zu ihm. »Ist sie so unfähig, wie Sie vielleicht schon befürchtet haben?«

Ben wusste nicht, warum er das jetzt tat, aber er legte seine Hände auf ihre Schultern und küsste sie. Es schien ihm das einzig Logische zu sein.

KAPITEL 7

Ben betrat sein Zimmer im Bedford Inn und ließ sich auf die gemusterte Tagesdecke seines Bettes fallen.

Das Bedford Inn war ein schmuckes Hotel, das von der Hauptstraße aus kaum zu sehen gewesen war. Mrs. Bedford, die die Unterkunft alleine leitete, seit ihr Mann letzten Sommer an Krebs verstorben war, führte über die zehn Zimmer ein straffes, aber erfolgreiches Regiment. Das Zimmer war penibel sauber, wenn sich Ben auch von der Welle an Kitsch und Häkeldecken überfordert fühlte. Ebenso wie von Mrs. Bedfords Lebensgeschichte, von der sie gerne und bereitwillig erzählte, wenn sie ihn außerhalb seines Zimmers erwischte. Seit gestern Abend wusste er schon mehr über sie und ihr Leben als fast über sich selbst.

Die Fahrt mit Toni zurück nach Fine Falls war schweigsam gewesen. Es war jedoch nicht das Schweigen der unangenehmen Sorte, die einen peinlich berührt aus dem Fenster blicken ließ. Sie waren beide verlegen gewesen, nicht wissend, wie stark sich ihr Verhältnis nun verändert hatte und wie sie miteinander umgehen sollten. Er hatte sie vor dem Büro in der Main Street abgesetzt und beschlossen, wieder zum Hotel zu fahren, um seine Gedanken zu sortieren. Er hoffte, Toni damit nicht zu verletzen, aber an ihrem Blick konnte er nichts ablesen.

Toni war die erste Frau, die er nach Glorias Betrug geküsst hatte. Er war überrascht, wie selbstverständlich er das getan hatte. Als würde sie bereits in sein Leben gehören. Aber er hatte ihr nicht die Wahrheit gesagt und konnte ahnen, wie Toni darauf reagieren würde. Dann müsste er ihr ebenfalls den wahren Grund seiner Anwesenheit beichten. Eines ohne das andere ging nicht. Er konnte nicht nur die halbe Wahrheit erzählen. Alleine der Gedanke, sich unter falschen Voraussetzungen zwischen Menschen zu befinden, die ihm gut gesonnen waren, verursachte ihm ein schmerzhaftes Ziehen in der unteren Magengegend. Immer war er aufrecht durchs Leben gegangen. Die Erpressung seines Vaters hatte das mit einem Schlag zunichtegemacht.

Nachdem er Toni das erste Mal geküsst hatte, waren sie wieder die Promenade zurückgegangen, um in einem kleinen Fischlokal zu Mittag zu essen. Die Fassade des Lokals, von der Ben erst geglaubt hatte, sie wäre mit Graffiti beschmiert, entpuppte sich als fantasievolles, farbenprächtiges Kunstwerk, vor dem beide einen Moment standen und den kraftvollen Eindruck auf sich wirken ließen, bevor sie eintraten.

Bevor sie wieder ins Auto stiegen, hatte er sie noch einmal geküsst. Es hatte sich richtig angefühlt. Das tat es auch jetzt noch. Warum ging es ihm dann so schlecht?

Weil sich ab dem Zeitpunkt, als Toni ihm von ihren finanziellen Schwierigkeiten erzählte, ein Verdacht einschlich. Dieser kam hinterhältig durch ein Hintertürchen, schlich sich über das Parkett und setzte sich auf seine Schulter. Sein Vater hatte gesagt, es stimme was mit den Büchern der Firma nicht. Was genau, hatte er nicht erwähnt. Aber Ben hatte Vertrauen in die betriebswirtschaftlichen Fähigkeiten seines Vaters, auch wenn er sonst selten mit ihm einer Meinung war. Wenn Buster Adams überzeugt war, hier in Fine Falls stimme etwas nicht, war das sicher keine Spinnerei eines alternden Mannes.

Toni hatte einen Haufen Schulden, weil sie in der Vergangenheit falsche Entscheidungen getroffen hatte. Das war eine nette Umschreibung. In Wahrheit hatte sie sich unsäglich dumm angestellt. Er versuchte, sich Toni vorzustellen, alleine und desorientiert nach dem Tod ihrer Eltern, auf der Suche nach der einen Sache oder dem einen Menschen, der ihr einen Halt und eine Perspektive gab. Er bereute seinen Gedanken. Sie war nicht dumm gewesen, nur zu vertrauensselig. Dabei war sie auf den falschen Menschen hereingefallen. So wie er.

Er erhob sich vom Bett und setzte sich auf die Kante, da die Erinnerung an Gloria ihn auf einmal derart überspülte, dass er Angst hatte, er würde liegend darin ertrinken. Es war jetzt bereits über ein Jahr her, traf ihn jedoch manchmal immer noch unvermittelt. Heute war es allerdings anders als sonst. Er spürte keine Verzweiflung wie bisher, sondern Wut, Enttäuschung und Zorn. Er rief sich Glorias Gesicht vor Augen, aber das klappte nun nicht. Tonis Gesicht schob sich davor und ließ Glorias Züge verschwimmen, bis sie nicht mehr zu erkennen waren. Gloria verschwand allmählich wie ein Geist, der sich auf den Weg ins Jenseits macht.

Was wäre, wenn Toni hinter den Vorgängen in der Firma steckte? Er hasste sich für seinen Gedanken, war aber nicht der Mensch, der seine Augen vor Problemen verschloss. Er war im Büro bereits die Quartalsabrechnung durchgegangen, die ihm sein Vater gegeben und die er mitgenommen hatte, um sie abends auf seinem Zimmer noch mal zu studieren. Auf den ersten Blick hatte alles normal ausgesehen. Trotzdem wusste er, dass ihn irgendetwas daran störte. Bis zum Abendessen war noch genug Zeit, sich ein wenig näher mit den Zahlen zu beschäftigen.

Er holte sich eine Cola aus der Minibar und setzte sich an den winzigen Schreibtisch in der Ecke, der direkt neben einem doppelt so großen Flachbildfernseher stand. Das war so typisch für Amerika, wo die Unterhaltung eine höhere Priorität als andere Dinge besaß. Er nahm einen Schluck aus der Dose und blätterte das Deckblatt um.

Ben hatte zwar Biologie studiert, aber in der Firma seines Vaters dennoch so viel über Buchführung gelernt, dass er keine Probleme hatte, das zu verstehen, was er hier sah. Die Firma besaß auf dem Zentralserver ein eigenes Buchführungsprogramm, in das eigentlich alle Mitarbeiter der Filialen, die mit der Buchführung betraut waren, ihre Zahlen eintragen sollten. Shirley hatte es offensichtlich anders gemacht und die Zahlen sauber in einer Tabelle geführt, die sie alle drei Monate der Zentrale in Florida per E-Mail übersandte. Ben war froh darüber. Das FOC, das *Field of Chaos*, wie die Mitarbeiter das Programm nannten, war unübersichtlich und umständlich zu bedienen. Shirley konnte es zwar anscheinend nicht bedienen, machte das jedoch mit Akkuratesse und Gewissenhaftigkeit in ihren Tabellen wieder wett.

Shirleys System funktionierte nur, weil die Einnahmen der Filiale größer waren als ihre Ausgaben. Wenn das nicht so gewesen wäre, hätten sie nicht nur das offizielle System benutzen müssen, damit der Filiale Geld von der Zentrale zugeschossen würde, sondern es wäre längst schon früher jemand aus Florida gekommen, um den Standort zu überprüfen. Wahrscheinlich sogar sein Vater selbst.

Trotzdem waren die Beträge, die Toni regelmäßig auf der Bank einzahlte, nicht so üppig, wie die Aussage von James vermuten ließ. Seiner Meinung nach hatte die Filiale genug zu tun. Ben überlegte, wie viele Plätze die beiden Tauchboote hatten und rechnete das hoch. Was über die Tauchschule und das Geschäft hereinkam, konnte er lediglich schätzen. Was nur störte ihn an diesen Zahlen?

Er beschäftigte sich wieder mit den Tauchbooten und schaute sich die Zahlungen für die Sauerstofffüllungen an, als er eine Idee hatte. Die Füllung einer Sauerstoffflasche kostete im Schnitt sechs Dollar. Einer Eingebung folgend rechnete er die Kosten für die Füllungen zusammen und teilte diese durch die geschätzten Kosten. In einer anderen Tabelle hatte Shirley die Bestellbestätigungen eingetragen, die entweder online, im Büro oder direkt an den Standorten gebucht wurden. Ben startete die Rechner-App auf seinem Smartphone und tippte die Zahlen zusammen. Es wurden wesentlich mehr Füllungen bestellt, als es Buchungsbestätigungen gab.

Er stand auf und holte sich noch eine Cola. Er hatte das Gefühl, etwas Wesentliches entdeckt zu haben. Konnte es einen Grund dafür geben, warum das so war? Er ging zum Fenster und sah auf Mrs. Bedfords Blumenbeet im Garten, nahm aber nicht richtig wahr, was er da sah. Die Zahl der Buchungen und die Menge der Sauerstofffüllungen schwebten ihm im Kopf herum und versuchten, an seine Gedanken anzudocken, um sich mit ihnen zu verbinden und die Logik zu schaffen, die er jetzt so dringend benötigte.

Wenn das Verhältnis nicht annähernd zusammenpasste, konnte das nur bedeuten, dass Tauchgänge am Unternehmen vorbei abgerechnet wurden. Nachdem er sich diese Theorie einmal gestattet hatte, ergab sie einen erschreckenden Sinn. Er setzte sich wieder hin und rechnete ebenso den Bedarf an Atemkalk aus. Hier zeigte sich dasselbe Bild. Es war so einfach zu erkennen, wenn man wusste, wonach man suchen musste. Warum war Toni das nicht aufgefallen?

Weil sie vielleicht selbst die Verursacherin dieser Unregelmäßigkeiten ist, sagte eine Stimme in seinem Kopf. Er dachte an ihren Kuss, an das Vertrauen, das sie ihm geschenkt hatte, als sie ihm ihre Geschichte erzählte. Warum hätte sie das tun sollen? Sie wäre nicht so dumm gewesen, damit einen Verdacht bei ihm zu schüren. Sie wäre schon allein durch die Tatsache vorsichtig geworden, dass die Zentrale ihn geschickt hatte, weil es an ihrem Standort nicht gut lief. Er gab auf zu analysieren, was Toni gemacht haben könnte oder nicht. Es führte zu nichts. Menschen hatten manchmal die merkwürdigsten Motive für das, was sie taten.

Er hoffte, dass heute sein Vater nicht mehr anrufen würde, um ihn nach seinen Fortschritten zu befragen. Er hätte ihn ungern belogen. Aber er brauchte mehr Beweise für seine Vermutung. Dafür musste er die anderen Mitarbeiter genauer unter die Lupe nehmen. Wenn es etwas gäbe, was Toni entlastete, würde er das auf jeden Fall finden. Wieder dachte er an ihren Kuss auf der Promenade und später am Auto. Es war so perfekt gewesen.

Er legte sich zurück aufs Bett und schaltete den Fernseher ein. Die Lust auf Abendessen war ihm gründlich vergangen.

~

Toni war froh, dass Ben nicht mit ins Büro kam. Sie war sich nicht sicher, ob Shirley ihr ansehen konnte, was zwischen ihr und Ben passiert war, aber es würde noch schwerer sein, es zu verbergen, wenn er in ihrer Nähe wäre. Sie sah seinen Wagen davonfahren und blickte ihm hinterher, bis er aus ihrem Sichtfeld verschwand. Ein unwillkürliches Lächeln breitete sich auf ihrem Gesicht aus. Sie atmete tief ein und hoffte, dass das reichen würde, den neutralen Eindruck zu erwecken, der nötig war, um Shirley nicht misstrauisch werden zu lassen.

Ihre Sorgen waren unnötig gewesen, wie sie nach dem Öffnen der Bürotür feststellte. Shirley telefonierte. Sie bemerkte Toni erst, als sie fast vor ihr stand. Sie zeigte auf den Telefonhörer und verdrehte die Augen, während sie nickte, als könne ihr Gesprächspartner sie sehen, und sagte immer mal wieder *Das ist ja schrecklich*. Toni grinste sie an und ging zum Beistelltisch neben dem Fenster, um sich eine Tasse Kaffee zu holen. Normalerweise trank sie um diese Uhrzeit keinen mehr. Sie würde die ganze Nacht wach liegen. Aber sie bezweifelte sowieso, dass sie diese Nacht viel Schlaf bekommen würde. Schon jetzt drehten sich die Gedanken in ihrem Kopf wie ein Karussell, das außer Kontrolle geraten war. Sie nickte Shirley zu und verschwand in ihrem Büro.

Ben hatte sie geküsst und damit hatte sich alles verändert. Sie hatte gewusst, dass ihr so etwas irgendwann wieder passieren würde, aber Ben wäre der Letzte gewesen, bei dem sie das erwartet hätte. Sie versuchte, sich vorzustellen, wenn es Brad gewesen wäre, aber sie spürte nichts. Dabei war ihr vor zwei Tagen noch ein Date mit Brad als die Erfüllung eines Traums vorgekommen.

Sie sortierte gedankenverloren ein paar Papiere, die ihr Shirley auf den Tisch gelegt hatte, konnte sich jedoch nicht konzentrieren. Alles schien weit entfernt und vollkommen unwichtig zu sein. Nicht aber das Gefühl in ihr, das ihr wie ein böser Kobold zuflüsterte, dass alles zu gut und damit unmöglich wahr sein konnte. So viel Glück hatte sie einfach nicht. Ihr Karma hatte sich vor einem Jahr entschlossen, sie zu verlassen und dabei nicht den Anschein erweckt, so schnell wiederaufzutauchen.

Es klopfte und Shirley öffnete die Tür einen Spalt, vorsichtig bemüht, diese nicht an den Schreibtisch zu stoßen.

»War es schlimm?«, fragte sie mitfühlend.

»Nein«, antwortete Toni. »Wir sind essen gegangen.«

»Er scheint nett zu ein«, sagte Shirley. »Heute Morgen, als er kam, war er sehr freundlich. Er hat sogar den Zengarten auf meinem Schreibtisch bemerkt und mich gefragt, was es damit auf sich hat. Und das war nicht nur Höflichkeit. Er war wirklich interessiert. Du kennst ja die Leute, die einen etwas fragen und die Antwort eigentlich gar nicht hören wollen.«

Toni nickte. Solche Menschen kannte sie zur Genüge. Shirley war normalerweise vorsichtig, wenn sie neue Leute kennenlernte. Sie konnte man nicht so schnell begeistern. Ben jedoch hatte innerhalb kürzester Zeit ihr Vertrauen gewonnen. Wenn Toni ein Zeichen brauchte, ob das mit Ben und ihr richtig war, hatte sie es wohl jetzt bekommen.

∼

»Geküsst?«, echote Nancy, nachdem Toni ihr in knappen Worten von dem Vorfall heute Mittag erzählt hatte.

Sie kniete vor der Kommode im Wohnzimmer und kramte gerade nach irgendwelchen Papieren, als Toni diese Bombe platzen ließ.

»Verrückt. Ich weiß«, erwiderte Toni und ließ sich auf die Couch fallen. »Er hat es einfach getan. Mitten im Gespräch. Es traf mich völlig unvorbereitet.«

Nancy richtete sich auf und ließ alles auf dem Boden liegen. Sie konzentrierte sich immer auf die wichtigen Dinge. Das war es, was Toni ganz besonders an ihr schätzte. Neben den vielen anderen Dingen, die sie zu einer fantastischen Freundin machten.

»Was hast du mit ihm gemacht, bevor er es getan hat? Mit ihm geflirtet?«

»Geflirtet?« Toni schnaubte durch die Nase. »Eher das Gegenteil. Ich habe ihm erzählt, was mir auf dem College passiert ist. Eigentlich wundert es mich, dass er mich nicht ausgelacht hat. Er muss mich für eine vollkommene Idiotin halten.«

»Idiotinnen küsst man nicht«, erwiderte Nancy und setzte sich auf den Sessel gegenüber. »Du hast ihm wirklich von deinen finanziellen Schwierigkeiten erzählt? Er muss dich sehr beeindruckt haben.«

»Ich verstehe das auch nicht«, sagte Toni unglücklich. »Es erschien mir so ... selbstverständlich. Als hätte ich einen wirklich guten Freund vor mir.«

»So wie bei uns damals?«

»Ja. Genau so. Und du weißt, dass ich nicht stolz darauf bin, was damals geschehen ist.«

»Ich verstehe, was du meinst«, sagte Nancy nachdenklich. »Solche Menschen trifft man selten. Aber dieser Ben hat was. Das habe ich schon bemerkt, als er gestern hier war. So etwas Eloquentes. Ich kann mir vorstellen, warum du es getan hast. Obwohl, bitte vergiss nicht, warum er hier ist.«

Nancy machte Toni niemals Vorwürfe. Sie zeigte für alles das nötige Maß an Verständnis, ließ es sie aber wissen, wenn sie Bedenken hatte. Das unterschied sie von Freundinnen, die alles gut fanden, was man machte, ohne ein Verhalten kritisch zu hinterfragen.

»Du meinst, dass er eigentlich nur hier ist, um unsere Filiale auf Vordermann zu bringen?«

»Ich meine, dass er seiner Firma verpflichtet ist und deshalb selbstverständlich dafür sorgen wird, dass es dieser gut geht. Eine Chefin, von der er der Ansicht ist, sie könne nicht mit Geld umgehen, ist vielleicht nicht der Eindruck, den du erwecken solltest.«

»Ich habe es nicht verprasst. Ich habe nur dem Falschen mein Vertrauen geschenkt.«

»Das macht die Sache nicht besser, Toni«, erwiderte Nancy ernst. »Das war eine sehr private Information, die du ihm von dir preisgegeben hast. Es muss nicht, aber es kann sein, dass er die gegen dich verwendet.«

Wie hatte Ben das gemacht? Wie hatte er sie einfach so ansehen können und ihre Welt beherrschen, als ob alles um sie herum geschrumpft wäre? Die Augenwinkel seiner erstaunlichen Augen hatten sich leicht gekräuselt und sein Lächeln die Luft zwischen ihnen erwärmt. In diesem Moment war dieses Lächeln nur für sie gewesen. Und ihr Herz hüpfte. Mehr als nur ein wenig. Genug, um zu erkennen, dass die Hitze, die über ihren Hals und ihr Gesicht raste, nicht auf die extra warme Jacke und den Schal zurückzuführen war. In diesem Augenblick hatte Toni gewusst, wie es sich anfühlte, die wichtigste und schönste Person auf der Welt zu sein. Ihr Herz klopfte, das Gehirn drehte sich. Eine seltsame und ungewohnte Spannung summte in ihren Adern. Jede ihrer Zellen lebte plötzlich und stimmte sich auf die Schwingungen ein, die von seinem Körper ausgingen. Es konnte nicht sein, dass er sie nur für seine Zwecke ausgenutzt hatte.

»Du meinst, er hat mich geküsst, um mich in Sicherheit zu wiegen und etwas über mich herauszubekommen?«

»Ich habe nur gesagt, dass du vorsichtig sein sollst«, erwiderte Nancy. »Du weißt nichts über Ben Adams. Du kennst ihn gerade mal fünf Minuten. Ich will auf gar keinen Fall, dass du enttäuscht wirst.«

»Ich weiß«, sagte Toni unglücklich.

Die Euphorie, die sie eben noch verspürt hatte, war verflogen. An ihre Stelle war wieder die bittere, düstere

Realität getreten. Eine Realität, in der sie sich vorsehen musste, wem sie vertraute. Oder ihr Herz schenkte. Eine Träne löste sich aus ihrem Augenwinkel und rollte ihre Wange herab.

Nancy sprang auf und setzte sich neben Toni auf die Couch. Sie schlang die Arme um ihre Freundin und zog sie an sich. Toni legte ihren Kopf gegen ihre Brust. Es tat gut, einem vertrauten Menschen bei Kummer so nah zu sein.

»O nein, ich habe wieder zu viel dummes Zeug geredet«, sagte Nancy zerknirscht. »Entschuldige, ich bin eine dumme Gans.«

»Nein, du hast schon recht«, erwiderte Toni und schniefte. »Es war gut, mich wieder auf den Boden zurückzubringen. Wie groß ist die Chance, dass man innerhalb von ein paar Stunden von einem quasi Fremden geküsst wird?«

»In Fine Falls?« Nancy lachte. »Normalerweise gleich null. Aber die Chance ist ebenso klein, dass ein so gut aussehender Mann hierhin kommt. Du siehst also, alles ist möglich.«

»Zwei«, sagte Toni und wischte sich mit der Hand durch das Gesicht. »Denk an Brad. Wir liegen mindestens schon 500 Prozent über der Wahrscheinlichkeit.«

»Brad sieht nicht annähernd so gut aus wie Ben«, entgegnete Nancy und knuffte Toni liebevoll in die Seite. »Er ist auf den ersten Blick auffälliger, aber neben Ben kann er den Eindruck nicht lange aufrechterhalten.«

»Ich dachte, du wolltest, dass ich mit Brad ausgehe?«

»Das will ich immer noch, wenn es für dich das Richtige ist. Ich bitte dich nur, auf dich aufzupassen. Lass dir Zeit und überstürze nichts.«

Nancy hatte recht. Das hatte sie meistens. Toni schlang ihre Arme um sie und drückte ihr einen Kuss auf die Wange.

»Ich bin froh, dass ich dich habe«, sagte sie. »Ich werde morgen ins Büro gehen und mich nicht noch einmal von ihm küssen lassen.«

»Verhalte dich einfach ganz normal«, sagte Nancy und strich Toni den Pony zur Seite.

Toni räumte ihre Bügelwäsche in den Schrank und versuchte, ihre Gedanken zu ordnen. Nancy und sie hatten gemeinsam Spinatlasagne zum Abendessen gemacht und die zusammen in eine Decke gekuschelt bei einem Film gegessen. Nancy tat ihr Möglichstes, Toni abzulenken, was ihr auch erstaunlich gut gelang. Als sie jedoch später alleine auf ihrem Zimmer war, kamen die Gedanken mit einer Heftigkeit zurück, die Toni überraschte.

Es war doch nur ein Kuss gewesen. Gut, zwei Küsse, um genau zu sein, aber sie hatte von Ben weder ein Versprechen auf eine gemeinsame Zukunft noch einen Heiratsantrag bekommen. Warum beschäftigte sie das nun so? Vor zwei Tagen kannte sie diesen Mann noch gar nicht und jetzt bestimmte er bereits ihr ganzes Leben. Das durfte sie nicht zulassen.

Sie schob die Schublade zu und nahm das Bild ihrer Eltern von der Kommode. Es war in dem Sommer in der Karibik vor drei Jahren aufgenommen worden. Toni konnte sich nicht mehr an den Tag erinnern. Aber das war auch nicht wichtig. Wichtig war nur, dass sie in diesem Sommer glücklich gewesen waren. Toni hatte die Aufnahmeprüfung an der East Carolina bestanden und zum ersten Mal das Gefühl gehabt, es sei etwas Einschneidendes geschehen, was ihr ganzes Leben positiv verändern würde. Ihre Eltern waren so stolz auf sie gewesen. Es war einer der Sommer, in denen man sicher war, sie würden niemals enden.

Es war nicht das letzte einschneidende Erlebnis, das Toni seit dieser Zeit widerfahren war, aber mit Sicherheit das glücklichste. Daran sollte sie denken, bevor sie von Ben Adams enttäuscht würde.

Ben war morgens bereits um sechs Uhr aufgewacht und hatte überlegt, ob es schon Sinn ergäbe, ins Büro zu fahren. Normalerweise hätte die Fährte, die er Montag aufgenommen hatte, ihn dazu getrieben. Je früher er herausfand, was hier nicht stimmte, desto schneller könnte er seinem Vater Bericht erstatten und nach Chuuk Lagoon zurückkehren. Leider war alles, was er sich im Vorfeld dazu überlegt hatte, nun nicht mehr so einfach. Er hatte es nicht für möglich gehalten, dass Toni ihm auf eine Art gefährlich werden könnte, mit der er so schnell nicht mehr gerechnet hatte. Nicht, nachdem er von Gloria betrogen worden war.

Sie hatte damals bereits bei einem Essen im Haus seiner Eltern gesagt, wie sympathisch sie den Freund ihres Vaters fand. Das hatte Ben nicht bedenklich gefunden, weil sie eine reife, erwachsene Beziehung führten, in der es durchaus möglich war, solche Dinge zuzugeben. Er konnte nicht ahnen, dass Gloria sich nur so viele Gedanken über das Vertrauen in ihrer Beziehung machte, wie nötig waren, um kein Misstrauen zu erwecken. Selbst als er sie mit ihm in ihrem Bett erwischte, hatte er das Gefühl gehabt, sie wäre eher auf ihn wütend und der Meinung, er hätte sie beschattet und damit das Zerwürfnis zwischen ihnen heraufbeschworen.

Hatte Toni ihn in ihre Seele schauen lassen, damit sie ihn manipulieren konnte? Wenn sie für die Vorgänge in der Shipwreck Diving Company verantwortlich war, musste sie damit rechnen, dass er ihr auf die Schliche kommen könnte. War ihr Verhalten eine Art Selbstschutz, damit er es nicht zum Schlimmsten kommen ließ, wenn er herausfand, was hier los war?

Seine Schlussfolgerung klang erschreckend plausibel. Dann überkamen ihn Zweifel. Was hatte Toni wirklich gemacht? Sie hatte zu keiner Zeit den Eindruck erweckt, als wolle sie ihm näherkommen. Im Gegenteil. Schließlich hatte er sie geküsst, nicht umgekehrt. Bens Erfahrungen mit Frauen ließen allerdings den leidvollen Schluss zu, dass Frauen erfinderisch waren, wenn sie etwas erreichen wollten und dafür mehr um die Ecke dachten, als dass ihnen ein Mann jemals folgen konnte. Ganz egal was nun stimmte, er musste es herausfinden. Und das funktionierte nicht, wenn er sich in seinem Hotel mit den Häkeldecken versteckte. Allerdings wollte er nicht den Eindruck erwecken, zu verbissen zu sein und wartete bis halb neun, bis er sich auf den Weg machte.

Als er die Tür öffnete, bemerkte er, dass keiner der Mitarbeiter der beiden Außenstandorte anwesend war. Shirley saß hinter der hohen Theke des Empfangstresens und man konnte nur den Dutt ihres Haares sehen. Sie blickte auf und reckte sich, als er eintrat.

»Toni ist im Büro«, sagte sie und zeigte mit dem Finger in diese Richtung, als hätte er von einem Tag auf den anderen vergessen, wo es lag.

Ben fand, dass sie durchaus gut aussah, wenn sie nur etwas mehr auf ihre Erscheinung achten würde. Aber sie wirkte unterschwellig traurig, in einer Art, die Menschen haben, wenn sie eine schwere Last mit sich herumtragen, derer sie sich nicht entledigen können. Vor nicht allzu langer Zeit hatte er ebenso gewirkt, wie ihm seine Freunde bestätigten. Das war, bevor er nach Chuuk Lagoon aufbrach. Die Inselkette war nicht dafür gemacht, länger als nötig traurig zu sein. Dafür war das Meer zu klar, der Himmel zu blau und die Sonne zu warm. Das Eiland in Mikronesien war ein Allheilmittel für Weltschmerz jeglicher Art.

Ben nickte ihr zu und beschloss, vor seiner Abreise herauszufinden, wo Shirley der Schuh drückte. Vielleicht konnte er irgendetwas unternehmen, wodurch es ihr besser ginge.

Er klopfte kurz an Tonis Tür und öffnete sie bereits in dem Moment, als sie *Herein* sagte. Ihr Kopf wandte sich ihm zu, ihr Gesichtsausdruck war freundlich, aber unverbindlich. Es war nicht ganz das, was er erwartet hatte.

»Heute kein Meeting?«, fragte er und schloss die Tür hinter sich.

»Nein«, sagte Toni. »Es wird dich freuen zu hören, dass wir die Tauchschule und auch den Laden bereits um neun Uhr aufgemacht haben.«

»Das halte ich für vernünftig«, erwiderte Ben. »Jeder Dollar, der reinkommt, ist in eurem Fall wichtig.«

Er hatte sich bereits gefragt, wie Toni ihm heute Morgen begegnen würde. Er war sich zwar sicher gewesen, sie würde ihm nicht um den Hals fallen, aber ihre freundliche Distanziertheit gab ihm Rätsel auf. Immerhin hatten sie sich geküsst und sie sich nicht gewehrt. Besonders unangenehm konnte es also für sie nicht gewesen sein. Obwohl er auf der einen Seite erleichtert sein sollte, dass er sich nicht den Gefühlen stellen musste, derer er sich seit seiner Prüfung der Zahlen nicht sicher war, verspürte er doch eine tiefe, unterschwellige Enttäuschung. Toni mit dem glänzend braunen Haar, den vollen, ein wenig schiefen Lippen und den schrägen blauen Augen hatte sich tiefer in seine Gedanken geschlichen, als er bereit war zuzugeben.

»Womit sollen wir weitermachen?«, fragte Toni in

seine Gedanken hinein. »Mit der Kostenrechnung oder dem Marketing?«

Das war eine kniffelige Frage. Er hatte keine Idee, wie er möglichst neutral mit ihr über die Umsätze reden sollte, ohne nicht den Finger in die Wunde zu legen, die er gestern aufgespürt hatte. Er musste sich noch weitere Unterlagen anschauen, um seinen Verdacht zu untermauern, aber das würde er auf jeden Fall ohne Toni machen. Er beschloss, heute Abend nach Feierabend noch einmal hierhin zurückzukehren. Er musste sich von Shirley die Zugangsdaten für das System geben lassen.

»Marketing«, sagte er daher nur und zog sich den Hocker aus der Ecke heran. »Wir gehen eure Broschüren und Flyer durch, überlegen, welche Werbemaßnahmen wir durchführen und was wir den Leuten zusätzlich bieten können.«

»Klingt vernünftig«, erwiderte Toni. »Ich hole eben die Unterlagen.«

Sie klang höflich, als würde sie mit einem Fremden reden. Während sie aufstand, versuchte sie, ihm nicht zu nahe zu kommen, was in diesem kleinen Raum wahrlich eine Kunst war. Sie quetschte sich zwischen der Wand und dem Schreibtisch entlang und verließ den Raum. Wahrscheinlich hatte er sie gestern einfach nur überrumpelt. Aber auch den zweiten Kuss hatte sie nicht abgewehrt. Toni kehrte kurze Zeit später mit einem schmalen Ordner und unterschiedlichen Prospekten zurück. Erneut schlängelte sie sich an ihm vorbei auf ihren Platz.

»Das sind die aktuellen Werbeanzeigen«, sagte sie und schlug den Ordner auf. »Eine in der *Fine News*, zwei weitere in der *Baltimore Sun* der Maryland Coast Dispatch.«

»Welche noch?«, fragte Ben, als er den Ordner zu sich herüberzog.

»Das war's auch schon«, antwortete Toni. Sie klang kleinlaut.

»Überregionale Werbung?«

»Nein. Ich bin bis jetzt davon ausgegangen, dass die von der Zentrale aus gesteuert wird.«

»Teils, teils«, sagte Ben geduldig. »Die Filialen sind auch für die Werbung in den angrenzenden Bundesstaaten zuständig.«

»Das hat mir keiner gesagt«, antwortete Toni.

»Das steht sicher in der Eingangsmail, die du am Anfang bekommen hast. Die hast du doch gelesen?«

»Ja«, erwiderte Toni, aber etwas in ihrer Stimme ließ ihn aufhorchen.

»Du hast sie doch gelesen?«, fragte er noch einmal, diesmal eindringlicher.

»Vielleicht nicht so aufmerksam«, sagte Toni und wurde rot.

»Ach, Toni.« Ben schüttelte mit dem Kopf. »Was soll ich nur mit dir machen?«

»Es tut mir leid«, entgegnete sie. Ihr kämpferischer Gesichtsausdruck passte nicht so recht zu ihrer kieksigen Stimme.

»Ich hoffe, dass du besser tauchen kannst als ein

Geschäft führen«, sagte Ben. »Denn darin bist du eine ziemliche Katastrophe.«

Er hatte nicht so barsch klingen wollen, aber sein Unmut war unversehens gewachsen. Wie konnte Toni nur so einen Job annehmen, für den sie nicht das kleinste bisschen Talent zeigte?

Sie erwiderte nichts darauf, aber er sah ihr an, dass sie mit den Tränen kämpfte. Sofort tat ihm sein Verhalten leid.

»Toni, meinst du nicht, wir sollten darüber reden, was gestern zwischen uns passiert ist?«, fragte er sanft.

»Nein«, sagte Toni wie aus der Pistole geschossen.

Das hätte ihr gerade noch gefehlt. Es war sicher kein Vergnügen, sich mit einem Mann über Gefühle zu unterhalten, der einem eben noch versichert hatte, dass man eine absolute Niete war in dem, was man tat.

»Also ist mein Gefühl richtig, dass du mir aus dem Weg gehst?«

»Ich sitze doch hier«, entgegnete sie verblüfft. »Davon kann man ja nun wirklich nicht reden.«

»Ich meine, du gehst mir emotional aus dem Weg. So, als wäre überhaupt nichts geschehen.«

»Du kannst mich nicht an dem einen Tag küssen und an dem anderen beleidigen.«

Es sei denn, man hieß Ben Adams und machte sowieso das, was man wollte. Das sagte sie allerdings nicht laut. Irgendwie war die vornehme Zurückhaltung schwieriger, als sie angenommen hatte.

»Ich wollte dich nicht beleidigen«, sagte er. Es klang aufrichtig. »Aber du bist wirklich nicht fürs Business gemacht. Ich glaube, du wärest viel glücklicher, wenn du draußen in der Tauchschule und auf den Tauchbooten arbeiten würdest.«

»Leider verdiene ich damit nicht genug, um meine Schulden zu bezahlen.«

Das Schlimmste war, dass Ben mit seiner Vermutung durchaus recht hatte. Sie beneidete die anderen, die vorne an der Front arbeiteten und damit das machen durften, was sie liebten. Sich jeden Tag mit Papieren, Abrechnungen und anderen Unterlagen herumschlagen zu müssen, war nicht das, was Toni sich vom Leben erhofft hatte. Wenn sie sich in ihrer Vergangenheit nicht so überaus dämlich angestellt hätte, wäre sie jetzt im letzten Jahr an der East Carolina und auf der Suche nach einem Job. Das hatte sie so sehr gewollt nach ein paar schlechten Entscheidungen als Jugendliche. Es tat weh, dass sich ihr Traum wahrscheinlich nicht mehr erfüllen würde.

»Das sollte kein Grund sein, sich unglücklich zu machen.« Seine Stimme lief weich ihren Rücken hinab wie Butter auf Toast.

Sie wäre am liebsten vom Stuhl aufgesprungen, um sich in seine Arme fallen zu lassen. Dort hätte sie so lange bleiben können, bis alles von selbst wieder gut geworden wäre. Dann dachte sie an ihr Gespräch mit Nancy und ihre warnenden Worte. Was war, wenn er sein ganzes Verständnis nur heuchelte? Sie ärgerte sich, dass sie sich bereits eine Blöße gegeben hatte. Dabei hatte sie heute so erwachsen und reif auftreten wollen. Leider geschah ihr oft das Gegenteil von dem, was sie sich vornahm. Bedauerlicherweise war sie nicht immer so abgeklärt, wie sie sich das gewünscht hätte.

»Ich bin keinesfalls unglücklich«, sagte sie hochmütig und reckte ihr Kinn kämpferisch nach vorne. »Wenn die Zentrale etwas an meiner Arbeit zu beanstanden hat, dann soll mir das jemand sagen. Ich kann es immer noch besser machen.«

»Sicher kannst du das«, erwiderte Ben. »Wenn es das ist, was du willst, werde ich dir dabei helfen.«

»Denn dafür bist du ja da«, entgegnete sie spöttisch.

»Stimmt«, sagte Ben ruhig. Er hatte heute offenbar keine Lust, sich provozieren zu lassen. Ob es eine Reaktion auf das war, was gestern zwischen ihnen vorgefallen war, konnte Toni nicht ergründen.

»Was für Ideen hast du denn jetzt für effektives Marketing?«, fragte Ben und rückte seine Brille zurecht.

KAPITEL 8

Es war bereits acht Uhr abends, als Ben das Bedford Inn erreichte. Er hatte das Büro um fünf Uhr verlassen, aber der Gedanke, alleine in dem Hotelzimmer mit seinem nostalgischen Charme zu sitzen und in den Fernseher zu starren, frustrierte ihn. Noch mehr als die Tatsache, dass Toni nicht mit ihm darüber reden wollte, was gestern zwischen ihnen geschehen war. Sie schien sich vor ihm aufzubauen wie eine unüberwindbare Mauer, in der er die Tür nicht fand. Und hätte er sie gefunden – da war er sich sicher –, würde der Schlüssel nicht gepasst haben.

Er war zu *Joey's* gegangen, wo Toni und er am Sonntag gegessen hatten. Die Kellnerin erkannte ihn wieder und nickte ihm zu. Das war der Fluch der Kleinstädte. Hier schien jeder alles über den anderen zu wissen. Heute hätte ihm ein wenig mehr Anonymität gutgetan. Er bestellte den gegrillten Lachs, weil der das Tagesgericht war und er keine Lust hatte, in der Karte etwas anderes zu suchen. Das Essen schmeckte, aber Ben konnte sich nicht daran freuen. Er trank noch zwei Bier, bevor er bezahlte und einen Spaziergang an der Main Street entlang machte. An einem verlassenen Park setzte er sich auf eine Bank, bis die Kälte ihm in die Glieder kroch und sich festkrallte. Er blickte auf seine Uhr und stellte fest, dass er bereits über eine Stunde hier saß. Es war Zeit, ins Hotel zurückzukehren.

Toni war ganz anders als Gloria. Bei Gloria war er sich immer sicher gewesen, was sie dachte. Aber es hatte ihn nur zu einer Wahrheit geführt, die schlecht zu verkraften war. Bedeutete es etwas Positives, wenn Toni so ganz anders war oder konnte sie sich einfach nur nicht so gut verstellen? Er musste mehr über ihre Vergangenheit erfahren. Vielleicht gab diese Aufschluss darüber, was für ein Mensch Toni Halliday war.

Ben hatte ein Notizbuch mit Telefonnummern für besondere Einsätze. Es waren die Nummern von Menschen, mit denen er nicht jeden Tag zu tun hatte, die ihm jedoch über die Jahre den ein oder anderen Gefallen schuldeten. Es war Zeit, sich davon einen anzufordern. Er rief Justin Merryfield an. Mit ihm war er auf dem College gewesen und wusste, dass er als nicht immer legal arbeitender IT-Fachmann Zugriff auf die verschiedensten Daten einer Person hatte.

»O Mann, Ben«, sagte der, als er abhob und Ben sich zu erkennen gab. »Das ist verdammt lange her. Wie geht es dir?«

»So weit gut«, antwortete Ben. Er wusste, dass es nur

eine Floskel war. Keinen interessierte wirklich, wie es einem ging. Einen Studenten einer Bonzen-Universität schon gar nicht. »Ich muss dich um einen Gefallen bitten.«

»Gern, Mann. Schieß los.«

»Ich bin in einer unserer Filialen in Maryland. Eine kleine interne Überprüfung. Arbeitsmoral, Mitarbeiter, du kennst das ja.«

Er hasste es, diesen Slang an den Tag zu legen, aber man musste mit den Menschen in der Sprache reden, die sie verstanden. Merryfield war ein reicher Empor-kömmling, der es ohne die Hilfe seines Vaters nicht geschafft hätte, auch nur in die Nähe der Universität von Chicago zu kommen.

»Yup, das ist immer dasselbe Elend«, erwiderte der auch prompt. »Was brauchst du?«

»Toni Halliday«, sagte er. »Wurde am 12.03.1995 in Oklahoma geboren.« Das hatte er aus Tonis Personal-akte. Er hörte am anderen Ende eine Tastatur klacken.

»Sozialversicherungsnummer?«, fragte Justin. »Mit der kannst du so ziemlich alles über jemanden herausfinden.«

»Moment«, sagte Ben und blätterte eine Seite weiter. Er las die neun Zahlen vor. Einen Augenblick war Stille auf der anderen Seite.

»Hat viel Geld durchgebracht, die Kleine«, hörte er Justin dann sagen. »Nebenbei, die ist echt süß. Die Eltern sind ums Leben gekommen und haben ihr ganz ordentlich was hinterlassen. Knapp ein Jahr später war alles weg. Hat einen ganzen Berg an Schulden. Willst du genau wissen, wie viel?«

»Lass mal, das kann ich mir schon denken«, sagte Ben. Er kam sich schmutzig vor. Zwar war es nichts, was er nicht schon von Toni selbst wusste, aber er schnüffelte hinterrücks in ihrem Leben. Das fühlte sich nicht gut an.

»Scheint aber auch sonst ein ganz schönes Früchtchen zu sein«, fuhr Merryfield fort. »Hatte in der Zeit von 2011 bis 2014 mehrere Anzeigen.«

»Was für Anzeigen?« Ben wurde es flau im Magen.

»Das ist eine versiegelte Jugendakte, Ben«, sagte Justin, aber Ben hörte ihn bereits tippen. »Bagatelldiebstähle. Ladendiebstähle in der Zeit von 2011 bis 2013. Dann etwas Größeres in einem Laden in Perry. Da hat sie 2.000 Dollar mitgehen lassen.«

»Ist sie verurteilt worden?«

»Ob sie im Knast gesessen hat? Nein. Die haben sich irgendwie so geeinigt. Aber sie hatte was mit dem Besitzer. Wahrscheinlich hat sie über den die Kombination des Safes herausgefunden. Leider hat der sie auf frischer Tat ertappt. Dann wird es wieder still um sie.«

»Das habe ich befürchtet«, sagte Ben reflexartig. Er hatte es eigentlich nicht laut sagen wollen.

»Überprüft ihr die Leute nicht, bevor ihr sie einstellt?«

»Offenbar nicht gut genug«, erwiderte Ben. »Noch etwas, das ich wissen sollte?«

»Nicht auf Anhieb. Aber ich kann noch etwas tiefer

graben, wenn du willst. Dafür brauche ich allerdings ein bisschen mehr Zeit.«

»Lass mal«, sagte Ben. »Die Information reicht mir schon. Danke.«

Das stimmte, wenn auch nicht so, wie Merryfield es sicher vermutete.

»Kein Ding, Kumpel. Wenn ich noch was für dich tun kann, ruf einfach an.«

Ben verabschiedete sich mehr mechanisch und hatte ihn schon vergessen, bevor der die Aus-Taste seines Smartphones drückte. Er hatte bereits mehr erfahren, als er eigentlich wissen wollte.

Er versuchte, die Toni, die er kennengelernt hatte, mit der in Zusammenhang zu bringen, die Ladendiebstähle beging und sich einem Mann an den Hals warf, um die Kombination des Safes von ihm zu bekommen. Er musste einsehen, dass er sich offensichtlich gewaltig in ihr getäuscht hatte.

Wenn Toni nun Sorge hatte, dass sie aufflog, würde sie das mit Sicherheit zu verhindern versuchen. Der beste Weg, das zu erreichen, ging über ihn. Er konnte verhindern, dass sie für die Unregelmäßigkeiten in der Shipwreck Diving Company zur Rechenschaft gezogen würde. Vielleicht sollte er ihr einen Köder hinwerfen. Wenn sie einen guten Überlebensinstinkt hatte, würde sie mit Sicherheit anbeißen.

»Nancy, das sind fantastische Neuigkeiten«, sagte Toni

im selben Augenblick am Telefon. Sie stand am Fenster und blickte die von Natriumdampflampen beleuchtete Straße hinab. Sie mochte den warmen gelben Schimmer, den sie verbreiteten.

Nancy war nachmittags nach Baltimore zu einem Designercontest gefahren, wo sie mit ihrer neuen Kollektion eine dort ansässige Boutique überzeugt hatte, die direkt und ohne zu verhandeln einige ihrer Kreationen kaufte. Toni hörte durch das Telefon, dass Nancy einen kleinen Schwips hatte, und begrüßte deren Entscheidung, die Nacht in Baltimore zu verbringen.

»Es war komisch heute«, sagte sie, als Nancy nach ihrem Tag mit Ben fragte. »Wir sprechen darüber, wenn du wieder da bist.«

Am liebsten hätte sie ihr hier und jetzt alles erzählt, aber sie wollte Nancy an ihrem Freudentag nicht mit ihren Problemen belasten. Sie hatte so hart gearbeitet und verdiente einen Abend, an dem sie sich nicht Sorgen um ihre Freundin machen musste.

Nancys Gelächter hallte durch das Telefon, als sie beschrieb, wie gut es in Baltimore gelaufen war. Mit ihren besten Wünschen beendete Toni das Telefonat und legte auf. Ihre Finger lagen noch auf dem Hörer, während sie langsam ausatmete.

Sie freute sich sehr für Nancy. Aber ebenso gerne hätte sie sich von ihren tröstenden Worten aufbauen lassen. Sie wusste nicht, wie lange Ben noch hierblieb, aber sie schätzte, dass er Fine Falls Ende der Woche wieder verlassen würde. Was wäre dann mit ihnen beiden?

Sie hatte nicht mit ihm über das reden wollen, was sie am meisten beschäftigte. Er würde gehen und sie wieder frei sein. Aber das war das Problem. Sie wollte nicht frei sein. Sie hatten den ganzen Tag Seite an Seite gearbeitet, und je mehr Zeit sie mit ihm verbrachte, desto mehr mochte sie ihn.

Ben Adams war klug, schnell von Begriff und tatsächlich bereit, sich ihre Ideen anzuhören, was eine schöne Abwechslung zu ihrer normalen Arbeit darstellte, bei der sie nie wirklich die Respektsperson war, die sie eigentlich darstellen sollte. Ben behandelte sie wie eine Gleichberechtigte.

Seine kühle, überlegene Art war eine Fassade, eine Rüstung, die er trug, um in der Welt zurechtzukommen. Ihr Bauchgefühl sagte ihr, dass er irgendwann schwer verletzt worden war, aber sie wollte nicht aufdringlich sein. Wenn er ihr davon erzählen wollte, würde er es tun, sobald er dazu bereit war. Sie war sich immer noch nicht sicher, mit welchen Anweisungen genau er hierhergekommen war, aber er arbeitete hart daran, ihr zu helfen.

Sie hörte, wie Schritte das Treppenhaus hochkamen. Entweder war es ihr Nachbar, oder jemand hatte mal wieder die Eingangstür nicht abgeschlossen. Es war Letzteres, denn es klingelte an der Wohnungstür. Sie schaute vorsorglich erst einmal durch den Spion und erkannte Ben auf der anderen Seite. Sie öffnete und er trat ein.

In seinem Haar und auf den Schultern seines Mantels hatten sich Regentropfen verfangen. Er trat ans Fenster, wie Toni es zuvor getan hatte, und blickte mit einem wehmütigen Lächeln hinaus. Als ob er auf den leicht fallenden Regen schaute und an andere Menschen und andere Orte dachte.

Ihr Atem blieb ihr im Hals stecken. Sie merkte nicht, wie sie die Tür ins Schloss drückte und wieder aufzog. Immer und immer wieder. Das Kribbeln lief ihr die Arme hinunter bis zu den Fingern. Das war der Mann, nach dem sie gesucht hatte.

Jede Zelle ihres Körpers war plötzlich völlig fasziniert allein schon von der kleinen Falte über der Wurzel seiner langen, geraden Nase und der Art und Weise, wie die Furchen seiner Augenfältchen weiß auf seiner gebräunten Haut leuchteten.

Ben Adams war nicht nur ein gut aussehender Mann. Er war umwerfend schön.

Seine Gegenwart sprang sie an, packte sie an den BH-Trägern und zog sie mit solcher Kraft, dass sie fast fühlen konnte, wie ihr Körper sich zu ihm nach vorne lehnte.

»Hey«, grinste er. »Noch Lust auf einen Absacker? Ich habe auch Donuts mitgebracht.«

In der Hand hielt er eine Papiertüte, aus der er nun eine Flasche Sekt zog. Die Schachtel Donuts trug er in der anderen Hand und stellte sie auf den Couchtisch. Sie waren mit Schokolade und Puderzucker überzogen. Das konnte Toni durch den Deckel aus Zellophan deutlich sehen. Woher wusste er, dass sie eine Schwäche für Donuts hatte?

Ein Schuss reiner Lust traf sie heiß und nass an den falschen Stellen. Ach, du meine Güte. Nicht jetzt. Bitte, nicht jetzt. Das war nicht gut. Sie hatte sich doch vorgenommen, standhaft und vorsichtig zu sein.

»Aber sicher«, flüsterte sie mit heiserer Stimme. »Jederzeit.«

Er warf ihr einen besorgten Blick zu.

»Halsschmerzen? Zu dieser Jahreszeit muss man mit einer Erkältung rechnen.«

»Nein«, erwiderte Toni und räusperte sich. »Ich habe eben am Telefon nur länger mit Nancy geredet. Sie ist über Nacht in Baltimore.«

Was machte sie hier? Das war fast so, als wolle sie ihm eine Einladung aussprechen, dass er heute Nacht freie Bahn hatte.

»Wir sind heute wirklich weitergekommen«, sagte sie daher. Über die Arbeit zu reden war das Vernünftigste. Denn wegen nichts anderem war er schließlich hier. Oder?

»Genau richtig«, bestätigte er und zog seine Jacke aus. Seine Hemdsärmel, die darunter zum Vorschein kamen, waren hochgekrempelt. »Daher sollten wir uns jetzt etwas gönnen. Außerdem müssen wir noch auf deinen Geburtstag anstoßen. Hast du Gläser?«

Toni hörte nicht direkt, was er fragte. Sie beobachtete die blonden Härchen an seinen Unterarmen, die einen starken Kontrast zu seiner braunen Haut bildeten.

»Toni?«, fragte Ben und sie zuckte zusammen, als hätte er sie bei etwas Unschicklichem ertappt. »Gläser?«

»Ja, natürlich«, sagte sie hastig und ging in die Küche, um zwei der Senfgläser mit dem Blumenmotiv zu holen. Das waren die Einzigen, die Nancy hatte. Ben schnaubte belustigt.

»Erinnere mich daran, dass ich dir bei Gelegenheit ein paar richtige Gläser kaufe.«

Toni streckte die Hände mit den Gläsern aus. Ben schüttete Sekt hinein und nahm ihr ein Glas ab. Sie stießen an und Toni nippte an ihrem Glas. Dabei versuchte sie zu ignorieren, wie sich Bens Lippen um den Rand des Glases schlossen.

»Anscheinend habe ich nicht nur im Büro Defizite«, sagte sie. »Als Innendesignerin eigne ich mich auch nur bedingt.« Sie lachte, damit Ben nicht wieder auf die Idee kam, sie fühle sich angegriffen.

Ben murmelte etwas Unverständliches, aber sie konnte an seinem leicht geröteten Nacken sehen, dass er sich für irgendetwas schämte.

»Was hast du den Rest des Tages noch so gemacht?«, wechselte er das Thema zwischen zwei weiteren Schlucken.

»Ich habe mir die Anzeigenkampagne vorgenommen, die du empfohlen hast. Da bin ich auf ein paar ganz interessante Dinge gestoßen. Möchtest du einen Blick darauf werfen?«

Sie hatte die Mappe aus dem Büro mitgenommen. Damit hatte sie sich eigentlich heute Abend noch beschäftigen wollen. Aber die Gedanken waren durch ihren Kopf gewirbelt und hatten es ihr nicht erlaubt. Nun war sie froh, die Unterlagen dennoch mitgenommen zu haben, da sie Ben beweisen konnte, wie ernst sie die Situation nahm.

Sie schlug die Mappe auf und setzte sich auf die Couch. Ben stellte sein Glas auf den Tisch und ließ sich neben ihr nieder. Toni nahm erneut seinen Geruch wahr und hätte, überwältigt davon, fast die Augen geschlossen. Nur der Gedanke, dass das verdammt merkwürdig wirken könnte, hielt sie davon ab.

»Ich habe über die Zielgruppe neu nachgedacht«, sagte sie daher professionell und tippte mit dem Zeigefinger auf eine Seite ihrer Unterlagen. »Wenn wir unseren Wunschkunden definieren, dann können wir ihn damit wesentlich direkter ansprechen.«

»Die Idee ist gut.«

Ben nickte leicht und beugte sich vor, bis sein Kopf ihrem so beunruhigend nahe gekommen war, dass sie beinahe seine Haarsträhnen auf ihrem Gesicht spüren konnte. Ihr stockte der Atem. Sie öffnete schnell die Packung mit den Donuts, holte einen heraus und biss hinein. Puderzucker stäubte um ihr Gesicht herum.

»Du hast ein gutes Gespür dafür. Sehr intuitiv. Das gefällt mir.«

Ben sagte das mit leiser, heiserer Stimme, in der gerade so viel Humor mitschwang, damit sie das Gefühl bekam, wieder atmen zu können.

»Eines meiner besonderen Talente«, erwiderte sie. »Quasi ein Bonus aus dem Paket der Führungskräfte.«

Sie spürte, wie sich sein Arm gegen ihren drückte,

als er seine Position veränderte, um die Mappe näher an sich heranzuziehen. Sie drehte den Kopf zu ihm.

Seine gebräunte Stirn war zwar zerfurcht, rau von der Sonne, und sein Gesicht voller Bartstoppeln, aber sein Mund war weich und breit. Nein, sie wollte nicht daran denken, was sich unterhalb der blonden Brusthaare befand, die sich aus dem V seines Hemdes kräuselten. Er öffnete den Mund, um etwas zu sagen, änderte dann aber offenbar seine Meinung.

Ihr Gehirn schrie, dass dies ein riesiger Fehler sei und dass sie ihm sagen sollte, dass die Präsentation noch viel mehr Arbeit erfordere und dass sie sich wieder auf die Arbeit konzentrieren müsse. Aber ihr Herz war zu sehr auf das jungenhafte Lächeln in seinem Gesicht und den sehr männlichen Blick in den Augen, die sie anlächelten, fixiert. Er war umwerfend.

Sein Kopf war nur wenige Zentimeter von ihrem Gesicht entfernt, ihre Brust drückte sich an sein Hemd. Im Bruchteil einer Sekunde wurde Toni bewusst, dass seine Hand langsam um ihre Taille herumglitt und sich unter ihrem Oberteil bewegte, sodass seine Fingerspitzen die Wärme ihrer Haut spüren konnten. Sie fühlte, wie sich etwas in ihrem Magen verknotete, atmete tief ein und beobachtete, wie sich Worte in diesem erstaunlichen Mund formten.

»Wusstest du, dass ich ein Faible für Donuts habe?«

»Das habe ich nicht gewusst«, flüsterte Toni, als seine Hand ihren Rücken entlangwanderte.

Plötzlich war sie sich nicht mehr so sicher, ob ihre Entscheidung, heute statt der üblichen Jeans einen

Rock zu tragen, eine gute Idee war. Denn als Ben näher kam, begann ihr Rock höher zu rutschen und ihre Hände waren zu sehr damit beschäftigt, ihr Glas hochzuhalten, um etwas dagegen zu tun.

»Hauptsächlich die mit Schokolade. Magst du Schokolade, Toni?«

»Ja, aber hauptsächlich die mit Puderzucker«, antwortete sie.

Sie wollte noch etwas Kluges sagen, aber ihre Gedanken flogen aus ihrem Kopf, als seine Finger an ihrem Hals entlang in ihr glattes Haar wanderten. Ihr Blick folgte seiner Hand, als wäre sie das Faszinierendste, was sie jemals gesehen hatte. Seine Finger glitten nach vorne und streichelten ihre Wange. Eine sanfte Berührung, fast nicht existent, aber sie jagte ihr Schauder durch den Körper.

»Du hast Puderzucker im Gesicht«, flüsterte Ben. Nach vorne gelehnt hob er einen Finger und strich mit ihm ihre Oberlippe entlang. Dann fuhr er mit der Zunge langsam über seine Fingerspitze, mit der er ihr den Zucker von den Lippen gewischt hatte.

Es dauerte nur den Bruchteil einer Sekunde, aber es war das Schärfste, was Toni je in ihrem Leben gesehen hatte. So heiß, dass sie unvermittelt die Luft einzog, als wolle sie ihre brennenden Wangen kühlen.

Vielleicht sollten wir in Zukunft bei Mineralwasser bleiben?«, flüsterte sie.

»Wir sollten es riskieren.« Er grinste und folgte mit seinem Daumen den Umrissen ihres Kinns.

Ben neigte seinen Kopf, rutschte noch näher heran

und für eine Sekunde dachte sie, dass er ihren Hals küssen würde. Stattdessen fühlte sie einen Hauch von warmer, nach Alkohol riechender Luft von seinen weichen Lippen an ihrer Wange. Jedes ihrer Härchen richtete sich sofort auf. Bevor sie es sich anders überlegen konnte, legte Toni beide Hände leicht auf seine Hüften, sodass der Duft und das Gefühl seines Körpers jede Zelle in ihr erwärmen konnten, bevor sie schließlich ihren Kopf zurückzog. Sie wusste, ohne hinzusehen, dass sich ihre Brustwarzen aufgerichtet hatten und wahrscheinlich verrückte Dinge an der Vorderseite ihres Oberteils taten, aber es war ihr wirklich egal. Ben schaute sie direkt an und sein Atem ging schneller.

»Der Sekt ist gut für dich«, flüsterte er, bevor er seine Hände über die gesamte Länge ihres Rückens nach unten gleiten ließ. Als sich sein Kopf ihrem Nacken und Hals näherte, zog er sie an sich und küsste sie leicht auf ihr Schlüsselbein. Dann wanderten seine Lippen hinter ihren Ohren nach oben, während sich seine Hände in einer sanften Liebkosung ihres Rückens auf und ab bewegten.

Das Gefühl seiner Bartstoppeln und seiner Koteletten auf ihrer Haut ließen sie sofort brennen, und statt vernünftiger Überlegungen gewann der Instinkt die Oberhand. Und mit Alkohol hatten diese Gefühle nichts zu tun. Absolut nichts. Für einen Moment schauten sie sich in die Augen. Das Begehren in seinen nahm ihr den Atem und ließ sie zappeln, hilflos. Was wäre, wenn er sie in diesem Moment so sehr wollte wie sie ihn?

Das könnte nur Ärger bedeuten. Für beide.

Toni versuchte, die Stimmung zu unterbrechen, indem sie zuerst wegblickte.

Und dann machte sie den fatalen Fehler, nach oben zu schauen, direkt in Bens braun gesprenkelte, unergründliche Augen. Augen, die ihr spontan eine Botschaft signalisierten, die ihr Herz nicht ignorieren konnte.

Ich mag dich. Sehr sogar.

Verdammt.

Ohne eine Sekunde zu zögern, lehnte sie sich nach vorne, beugte den Kopf nach hinten und öffnete leicht ihre Lippen. Als seine Hand ihren Hinterkopf umfasste und die warme Haut ihres Nackens streichelte, wollte, nein, musste sie ihren Mund gegen den seinen drücken, um seine Süße, sein Leben und seine Leidenschaft zu schmecken.

Sie spürte, wie sich ihr Atem in Erwartung seines Kusses beschleunigte. Sie wollte, dass er sie küsste.

Aber was er stattdessen tat, ließ das Küssen im Vergleich dazu zahm erscheinen. Bens Finger bewegten sich von ihrer Taille hinunter auf den rauen Stoff ihres schwarzen Rocks, bis sie ihre freiliegenden Oberschenkel erreichten. Toni hielt den Atem an, als seine Handflächen sie berührten. Seine Daumen streichelten die empfindliche Stelle an der Innenseite ihrer Beine und bewegten sich bei jeder Berührung ein wenig nach oben. Sie blinzelte. Er lächelte sie mit einem vielsagenden Ausdruck an. Dieser Mann wusste genau, was er tat und wie ihr Körper auf seine Berührungen reagierte. Aber auch er atmete nun heiß und schnell und seine Hände drückten ihren Rock gerade so weit hoch, damit er fühlen konnte, wie sehr sie sich wünschte, dass er ihn weiter hochschob. Sein Körper genoss den Augenblick. Irgendwo in ihrem Kopf sagte ihr eine Stimme, sie sollte ihm sagen, er solle aufhören. Und zwar bald, sehr bald. Aber vielleicht nicht sofort. Denn es fühlte sich viel zu gut an, um aufzuhören.

Toni wölbte gerade ihren Rücken nach hinten, als Ben plötzlich seine Hände unter ihrem Rock hervorzog, sie gegen das Polster drückte und sich zurücklehnte.

»Ich habe eine Idee.«

Eine Idee? Was für eine? Jetzt?

Es dauerte eine Sekunde, in der Toni ihre Lippen leckte und ihr Gehirn zwang, einen Satz zu bilden, aber schließlich gelang es ihr.

»Großartig. Obwohl ich gehofft hatte, dass du mehr als nur die eine haben könntest«, flüsterte sie.

»Ja, aber die ist ein Klassiker. Wie würde es dir gefallen, wenn du heute Abend meine Verabredung zum Essen wärst?«

Was? Toni fühlte sich, als hätte jemand gerade einen Eimer mit kaltem Wasser über sie geschüttet. Sie sprang von der Couch auf und zog ihren Rock herunter.

»Eine Verabredung? Mit dir? Ich? Ist das dein Ernst?«

»Ist das so ungeheuerlich?«

»Nein. Ich meine, ja«, schimpfte Toni und versuchte verzweifelt, eine Ausrede zu finden, warum sie ihr Herz nicht wieder in die Waagschale werfen konnte. »Technisch gesehen arbeite ich für dich. Zumindest bist du für eine Zeit auf gewisse Art mein Vorgesetzter. Findest du es dann eine gute Idee, dich mit mir zu verabreden?«

»Das hältst du für verwerflich, aber anfassen darf ich dich?«

»Du hast mich überrumpelt«, verteidigte sich Toni. »Ich habe einen Moment nicht nachgedacht. Aber Essen gehen? Ein Date? Das ist wesentlich intimer. Das möchte ich auf keinen Fall. Vor allen Dingen, was sollen die anderen in der Firma denken?«

Ben schaute sie an, presste seine Lippen aufeinander, zuckte zusammen und schlug sich dann mit dem Handballen auf die Stirn, als er einige Schritte zurück zur Tür ging.

»Du hast bereits einen Freund. Natürlich hast du einen. Diesen Brad. Wie dumm von mir.« Er machte eine kurze Verbeugung. »Entschuldige. Ich habe voreilige Schlüsse gezogen. Ich hoffe nur, dass dieser Brad nicht bei mir im Hotel auftaucht und mir eine verpasst, weil ich seine Freundin eingeladen habe.«

Die Veränderung seiner Stimme war so groß, dass sie aufblicken musste. Wenn er kein sehr guter Schauspieler war und sie die Signale nicht völlig falsch interpretierte, sah sie einen Schimmer von echtem Bedauern und Enttäuschung über das hübsche Gesicht huschen.

Interessant.

»Brad spielt dabei gar keine Rolle«, erwiderte Toni. »Ich meine nur, dass ich es nicht für richtig halte, wenn wir jetzt mehr als geschäftlich miteinander umgehen. Dafür ist die Situation im Moment viel zu verworren.

Ich glaube, dass dabei einfach klare Grenzen besser sind. Wenn das alles hier vorbei ist, gehe ich gerne mit dir essen.«

»Du bist in Sicherheit. Ich habe vor einem Jahr mit jemandem Schluss gemacht und bin jetzt allein. Damit fühle ich mich auch sehr wohl. Aber wenn das alles hier vorbei ist, gehe ich wieder fort. Trotzdem danke für diesen Vorschlag.«

Es war erstaunlich zu sehen, wie schnell Ben dieses mörderische Lächeln einschalten konnte.

»Du bist also Single. Damit sind wir schon zwei«, entgegnete Toni. »Und komm mir nicht mit Brad. Ich habe zwar überlegt, ob ich mit ihm ausgehen soll, halte es aber jetzt nicht mehr für eine gute Idee. Vor allen Dingen nicht, wenn wir dabei sind, eine ernsthafte Beziehung anzufangen.«

Ben sah sie komisch an, die Augenbrauen hochgezogen.

»Aber wer sagte etwas über eine ernsthafte Beziehung? Ich spreche von einem Seitensprung. Eine süße, kurze und lustige Affäre.«

KAPITEL 9

War er von allen guten Geistern verlassen?

Ben wusste in dem Moment, dass es ein Fehler gewesen war, als ihm die Worte über die Lippen schlüpften. Warum in aller Welt redete er solch ein dummes Zeug? Die Wahrheit war, dass er keine Übung darin besaß, einem anderen Menschen etwas vorzuspielen. Diese Eigenschaft, gepaart mit seinem Unvermögen, berechnende Aktionen durchzuziehen, ließ ihn solchen Schwachsinn von sich geben. Was sollte Toni von ihm denken? Das erfuhr er allerdings schneller, als ihm lieb war.

»Bist du verrückt geworden?«

Er rechnete es ihr hoch an, dass sie nicht schrie. Schreiende Frauen waren immer ein wenig furchteinflößend. Aber ihre Augen waren so dunkel geworden, dass er Sorge hatte, ein Dämon wäre in sie gefahren.

»Was schlägst du mir da vor? Denkst du ernsthaft, ich bin *so eine*?«

Wenn Frauen so etwas fragten, war es immer besser, sofort und vehement mit dem Kopf zu schütteln. Das wusste er zwar nicht aus eigener Erfahrung, hatte aber bereits davon gehört.

»Toni, ich ...«, fing er an, kam aber nicht dazu, den Satz zu beenden. Ein Kerzenleuchter flog an ihm vorbei. Er duckte sich instinktiv.

»Du verlässt jetzt sofort diese Wohnung«, sagte Toni gefährlich ruhig. »Das Einzige, was mich davon abhält, dir noch den Blumentopf an den Kopf zu werfen, ist, dass Nancy dieses Teil liebt.«

Er hatte diese Reaktion verdient. Das war ihm klar. Zum ersten Mal hatte er ihre übersteigerte Hitzköpfigkeit verdient. Das passierte, wenn man aus seiner Haut wollte und etwas tun, was einem nicht lag. Was hatte er sich davon versprochen?

Er nahm seine Jacke von der Kommode, die er vorhin nachlässig dorthin geworfen hatte. Das schien nun bereits Jahre her zu sein. Er überlegte, ob er noch einmal versuchen sollte, etwas zu erklären, entschied sich dann aber dagegen. Er erinnerte sich daran, was er über Toni erfahren hatte, und auch wenn sein Verhalten unangemessen gewesen war, hatte er sich nicht mehr vorzuwerfen, als versucht zu haben, das Beste für die Firma zu tun.

Er ging an Toni vorbei und schaute ihr ins Gesicht. Schmerzhaft durchfuhr es ihn, wie weich sich ihre Wangen eben unter seinen Fingern angefühlt hatten und er sie vielleicht nie wieder berühren konnte. Er suchte einen Ausdruck des Verzeihens in ihren Augen, aber er sah nichts, was er als solchen hätte deuten konnte. Daher verließ er die Wohnung schweigend.

Auf der Straße atmete er die kalte, feuchte Luft ein. Sie fuhr durch den Kragen seines Hemdes, das er für diesen Besuch zu weit aufgeknöpft hatte, und zog über seine erhitzte Haut. Er konnte nicht glauben, wie sehr er das hier vermasselt hatte. Er hätte Toni einfach auf seinen Verdacht ansprechen sollen. Seit wann verblendeten Gefühle seine Urteilsfähigkeit? Seit Gloria, flüsterte ihm sein Unterbewusstsein zu. Und er hatte gedacht, er hätte etwas daraus gelernt. Stattdessen führte er sich auf wie ein Teenager. Er glaubte, in ein Mädchen verliebt zu sein, das schlecht für ihn war.

Ben klappte den Kragen seiner Jacke hoch, bis der sein halbes Gesicht bedeckte, und ging zu seinem Auto, das er auf der anderen Straßenseite geparkt hatte.

»Eine Affäre?«, fragte Nancy, nachdem sie die Haustür hinter sich geschlossen hatte.

Sie war bereits heute Morgen um fünf Uhr in Baltimore losgefahren, weil Toni sie nachts noch angerufen hatte, um ihr zu erzählen, was geschehen war. So weit kam es jedoch nicht. Es reichte nur für den ersten Satz, von dem Nancy bereits so empört war, dass Toni ihr gut zureden musste, damit sie sich nicht nach ein paar Gläsern Alkohol sofort ins Auto setzte, um bei ihr zu sein. Nancy ließ sich überzeugen, aber nichts hatte sie davon abhalten können, baldmöglichst wieder in Fine Falls zu sein, damit sie mit Toni den ersten Kaffee trinken konnte.

Toni hatte nicht gut geschlafen. Nachdem Ben gegangen war, hatte sie noch von dem Sekt getrunken, um eine Stunde später angetrunken und erschöpft von ihrem Zorn, der ihr durch die Adern rauschte, einzuschlafen. Eine Stunde später war sie wieder wach, ihre Wut war mittlerweile verraucht und machte einem hoffnungslosen, drückenden Gefühl Platz, das ihr die Tränen in die Augen trieb. Sie ärgerte sich darüber, aber die Traurigkeit wollte nicht weichen. Die Frage war nicht, wie sie sich so in einem Menschen täuschen konnte, sondern warum es ihr schon wieder passierte. Sie hätte aus der Vergangenheit lernen sollen.

»Ich hoffe, du hast ihn rausgeschmissen«, sagte Nancy und schüttelte sich die Schuhe mit den hohen Absätzen von den Füßen. Einer landete in der Küche, der andere neben dem Kamin. Toni ging automatisch an beide Stellen, hob sie auf und stellte sie ins Schuhregal. Die Pumps waren teuer gewesen. Sie wollte nicht der Grund sein, dass das Leder durch rüde Behandlung beschädigt wurde.

»Natürlich habe ich das«, erwiderte sie. »Ich habe ihm gesagt, dass er die Wohnung verlassen soll.«

»Klingt viel zu harmlos.«

»Na ja, ich habe ihn mit dem Kerzenleuchter beworfen und leider nicht getroffen. Aber es war auch nicht nötig, er ist dann selbst gegangen.«

»Du weißt noch, was ich dir gestern erzählt habe? Du solltest vorsichtig sein.«

»War ich auch«, entgegnete Toni. »Auf der Arbeit funktionierte das tadellos. Ich konnte nicht wissen, dass er gestern Abend noch hier auftaucht.«

»Warum hast du ihn überhaupt reingelassen?«

Das war eine gute Frage. Als Ben gestern Abend mit Sekt und Donuts vor der Tür gestanden war, hätte sie wissen müssen, dass es bei diesem Besuch nicht nur um geschäftliche Dinge gehen würde. Die Wahrheit war, sie hatte sich gefreut, ihn zu sehen.

»Weil ich es wollte«, gab sie zu. »Auf der Arbeit standhaft zu sein, ist etwas anderes. Aber wenn ein umwerfender Mann vor deiner Tür steht mit Sekt und Donuts, dann kannst du gar nicht anders, als ihn hereinzulassen.«

»Was für Donuts?«, fragte Nancy, die eine Naschkatze war.

»Die von *Krumpy's*. Mit Puderzucker und Schokoladenglasur.«

»Das sind die besten«, schwärmte Nancy. »Haben wir noch welche?«

»Könnten wir mal wieder auf mein Problem zurückkommen?«, fragte Toni leicht irritiert, ging aber in die Küche, um die Schachtel aus dem Schrank zu holen. Sie stellte sie Nancy, die auf dem Sessel Platz genommen hatte, auf den Schoß.

»Auch wenn ich dir geraten habe, vorsichtig zu sein, hätte ich das nicht von Ben gedacht«, sagte Nancy zwischen zwei Bissen. »Er wirkte am Sonntag so ...

erwachsen. Nicht wie ein Mann, der solche Vorschläge macht.«

»Weißt du, was mich am meisten stört?«, fragte Toni, die sich einen Donut aus der Schachtel angelte.

»Dass du einen Moment überlegt hast, sein Angebot anzunehmen«, antwortete Nancy prompt.

»Woher weißt du das?«

»Das höre ich an deiner Art, wie du über ihn redest. Außerdem kenne ich dich recht gut.«

»Findest du das moralisch verwerflich?«

»Das Darüber-Nachdenken? Nein. Nur das, was es mit dir gemacht hätte. Du bist kein Mensch, der so etwas lange durchhält.«

»Da hast du wohl recht«, gab Toni unumwunden zu.

»Wie willst du ihm jetzt entgegentreten?«

Toni hatte diese Frage befürchtet, weil sie sich die selbst bereits gestellt hatte. Genauer gesagt schon mehrmals in den Stunden der Nacht, in denen sie wach gelegen hatte.

»Nicht auf die Arbeit zu gehen, ist keine Option«, sagte sie.

»Das wäre auch noch schöner. Du hast schließlich nichts falsch gemacht. Du gehst einfach dahin mit hoch erhobenem Kopf und zeigst es dem Kerl.«

»Das habe ich vor. Aber ich werde nicht alleine gehen.«

»Was hast du vor?« Nancy hörte auf zu kauen und blickte sie erwartungsvoll an.

»Ich habe Brad angerufen. Er kommt gleich vorbei und holt mich ab.«

Nancy stellte den Karton mit den Donuts beiseite und wischte sich den Puderzucker von der Bluse. Es war ihr nicht anzusehen, ob sie erstaunt, zustimmend oder empört war. Sie hatte ihren Gesichtsausdruck in der Regel sehr gut unter Kontrolle. Das hielt allerdings immer nur so lange, bis sie etwas sagte.

»Um was zu erreichen?«, fragte sie. »Ben zu zeigen, was er verpasst hat oder um ihm eins auszuwischen?«

»Keines von beiden«, antwortete Toni. »Ich brauche ihn als moralische Unterstützung. Ich will nicht alleine dorthin gehen.«

»Dagegen ist nichts einzuwenden. Du weißt aber schon, dass du Brad damit wieder Signale sendest?«

»Vielleicht will ich ihm die ja senden«, erwiderte Toni und überlegte gleichzeitig, ob das wirklich wahr war. Wenn Ben nicht gekommen wäre, hätten Brad und sie für das nächste Wochenende wahrscheinlich schon ein Date. Es war erst Dienstag, dafür war es also noch nicht zu spät. Sie hatte Brad kurz aus den Augen verloren, jedoch nur so lange, bis sich Ben plötzlich als Idiot aufführte. Brad hatte eine Chance verdient.

»Daran ist auch nichts auszusetzen. Wenn du es aus den richtigen Gründen tust«, erwiderte Nancy, als hätte sie in Tonis Kopf gesehen und ihren Gedankengang mitverfolgt. »Pass nur auf dich auf.«

»Das scheint diese Woche dein Standardmotto zu sein.«

»Warum auch nicht? Es ist immer noch aktuell. Ich verstehe nur nicht, warum Ben auf einmal so mit der

Tür ins Haus fällt. Das hätte er auch am Sonntag schon machen können.«

»Immerhin hat er mich da geküsst.«

»... und dich dann brav nach Hause gebracht. Oder hat er dich in sein Hotel eingeladen?«

»Sonntagnachmittag hatte er noch keins.«

»Werde nicht spitzfindig. Du weißt, was ich meine. Er hat dir auf jeden Fall noch kein unmoralisches Angebot gemacht. Warum dann gerade gestern Abend?«

»Vielleicht weil ich tagsüber nicht über das reden wollte, was zwischen uns passiert ist.«

»Ich weiß nicht, das ergibt irgendwie keinen Sinn«, sagte Nancy nachdenklich. »Da stimmt was nicht. Das sage ich dir.«

Toni hatte das Gefühl, sie drehten sich immer wieder im Kreis. Das Schlimme war, dass Bens Anwesenheit einen so großen Einfluss auf ihre Libido gehabt hatte. Das machte es umso schwerer zu vergessen, was vorgefallen war. Ihr ging das Brennen in ihrem Körper nicht aus dem Kopf, ein Gefühl, das sie seit Jahren nicht mehr verspürt hatte. Nicht nur ihr Ärger über Ben hatte sie nachts nicht schlafen lassen, auch wenn sie das sogar sich selbst gegenüber nur äußerst ungern zugab. Ihr Verlangen war geweckt worden und sie konnte es nicht wieder zur Ruhe bringen. Wenn Ben als Partner ausfiel, würde es eben Brad zugutekommen. So einfach war das.

»Mit dem ganzen Mann stimmt was nicht«, sagte sie laut und setzte sich auf den Beistelltisch, um sich ihre

Stiefel mit den Fransen am Schaft anzuziehen. Brad würde nicht mehr lange auf sich warten lassen. »Jetzt muss ich nur sehen, dass ich Ben so schnell wie möglich wieder loswerde.«

»Nimm einfach seine Vorschläge an, dann wird der Spuk wohl hoffentlich schnell vorbei sein.«

»So einfach ist das nicht. Er will auch meine sehen. Gott sei Dank habe ich mich bereits damit beschäftigt.«

Sie zeigte von der Tür aus auf die Mappe, die seit gestern Abend noch auf dem Couchtisch lag. Nancy reckte sich vor und zog sie zu sich heran.

»Gute Ideen«, sagte sie anerkennend, als sie die Seiten durchblätterte. »Warum hast du es nicht direkt von Anfang an so gemacht?«

»Du hörst dich an wie Ben«, antwortete Toni missmutig. »Aber irgendwie glaube ich nicht, dass das hier das Hauptproblem ist. Sie schicken keinen von Florida, nur um mir ein wenig Nachhilfe in Marketing zu geben. Dafür hätten sie auch anrufen können.«

»Glaubst du immer noch, dass er hier ist, um dich zu entlassen?«

»Wenn, hat er eine verdammt merkwürdige Art, es zu zeigen.«

Sie zog den Reißverschluss ihrer Jacke hoch und schaute auf die Uhr. Brad musste jeden Augenblick hier sein. Sie fühlte sich ein wenig wie ein Teenager, beinahe so, als ginge sie auf ihr erstes Date.

Nancy stand auf und kam zu ihr an die Tür. Sie nahm Toni in die Arme. Diese lehnte sich an die Schulter ihrer Freundin und genoss die Gewissheit, dass Nancy, ganz egal, was der Tag auch bringen würde, heute Abend wieder hier war und auf sie warten würde.

»Du gehst jetzt dahin und zeigst es ihm«, flüsterte Nancy ihr ins Ohr. »Lass dich von dem Kerl nur nicht unterkriegen.«

»Werde ich nicht«, sagte Toni und drückte sie noch einmal fest. »Ich werde diesem Ben Adams heute in den Hintern treten. Sei sicher.«

»Ich erwarte nichts anderes«, erwiderte Nancy zufrieden.

Es klingelte unten an der Tür. Brad kam nicht einfach herauf. Toni wertete das als gutes Zeichen.

»Bin froh, dass du angerufen hast«, sagte Brad fünf Minuten später, als sie mit ihm die Main Street entlanglief. »Ich dachte schon, seit dieser Adams da ist, wäre ich abgemeldet.«

Toni würde ihm nicht erzählen, wie genau er die Wahrheit getroffen hatte. Sie schämte sich sowieso schon genug dafür, sich von Ben so hatte blenden zu lassen.

»Ach, Unsinn«, erwiderte sie daher und knuffte Brad freundschaftlich in die Seite. Das konnte sie, ohne sich irgendwelche Gedanken darüber zu machen. Bei Ben wäre sie nie auf den Gedanken gekommen, so etwas zu tun. »Seine Ankunft war völlig unerwartet, da habe ich alles um mich herum vergessen. Aber ich gelobe Besserung.«

Sie lachte und hoffte, dass sich ihr Lachen nicht so albern anhörte, wie es in ihren Ohren klang. Beim Flirten hatte sie wirklich noch Nachholbedarf. Wenn es Brad aufgefallen war, ließ er sich nichts anmerken.

»Warum ist dieser Typ wirklich hier?«, fragte er. »Nur wegen der schlechten Zahlen? Oder ist da noch was anderes?«

»Was meinst du?«, entgegnete Toni zerstreut. Ein Auto war durch den Schneematsch im Rinnstein gefahren und hatte ihre Hose vollgespritzt. Sie war froh, sich heute Morgen etwas Schwarzes angezogen zu haben. Darauf würde man die Flecken nicht so sehen. Ihre Kleidung sollte ihre Stimmung widerspiegeln.

»Es ist schon komisch, dass die direkt jemanden schicken, der hier nach dem Rechten sieht«, sagte Brad. »Meistens führen die dann irgendwas im Schilde.«

»Du meinst Entlassungen?«

»Wer weiß. Vielleicht wollen sie einem auch was anhängen. Du weißt doch, wie das läuft.«

»Was hätten sie denn davon?«, fragte Toni, konnte aber nicht verhindern, dass sie eine leichte Unruhe ergriff. Brad ging immer leichtfertig durchs Leben, eine Art, die sie gleichzeitig faszinierte als auch ein wenig ängstigte. Wenn er bereits solche Gedanken hatte, war das ein schlechtes Zeichen.

»Weiß nicht«, antwortete er. »Aber ich habe ein komisches Gefühl. Wichtig ist nur, dass wir uns nicht gegeneinander aufhetzen lassen. Das wird dieser Ben sicher versuchen.«

Stimmte das? Würde Ben so etwas tun? Toni hätte

diese Vermutung gerne bestritten, musste sich jedoch eingestehen, dass sie nichts von Ben wusste, außer wie gut er küsste. Leider war das ein Kriterium, das sie hier nicht weiterbrachte.

»Warum sollte er uns aufhetzen?«, fragte sie mit rauer Stimme und räusperte sich. »Davon kann er sich nichts versprechen.«

»Hast du eine Ahnung. Wenn wir uns unterein-ander misstrauen, kommen die wildesten Verdächti-gungen zustande, da sei mal sicher. Wir sollten das auf jeden Fall nicht mit uns machen lassen. Wenn wir uns einig sind, kann er nichts ausrichten.«

»Oder wir warten erst einmal ab, wie sich das entwi-ckelt«, sagte Toni, die Brads Untergangsstimmung ermüdend fand. »Vielleicht löst sich schon heute alles in Wohlgefallen auf.«

Wenn Ben sein Benehmen von gestern peinlich war und er so schnell wie möglich von hier wegkommen wollte, fügte sie in Gedanken hinzu. Die Ideen zum Marketing konnten sie heute bereits umsetzen, wenn sie sich dranhielten.

»Deinen Optimismus möchte ich haben«, erwiderte Brad, grinste aber trotzdem und schlang seinen Arm um ihre Schulter.

Genau zum richtigen Zeitpunkt. Sie hatten das Büro erreicht. Ben stieg gerade aus seinem Mietwagen und blickte in ihre Richtung.

Falls es Ben störte, Brad mit Toni in seinem Arm zu sehen, ließ er es sich auf jeden Fall nicht anmerken. Er trug einen Stapel Akten in der Hand und wartete, bis Brad die Eingangstür zum Büro öffnete, um hinter Toni hineinzugehen.

»Danke«, sagte er knapp zu Brad, als er an ihm vorbeiging.

Shirley saß auf ihrem Stuhl und blickte Toni an. Sie hatte ein schlechtes Gewissen, das konnte diese deutlich sehen.

»Entschuldige«, flüsterte Shirley schnell.

Bevor Toni fragen konnte, für was sie sich entschuldigte, stand Ben bereits neben ihr und legte die Ordner auf seinem Arm auf dem Schreibtisch ab.

»Treffen in fünf Minuten im Aufenthaltsraum«, sagte er in den Raum hinein und schaute weder Brad noch Toni dabei an. »Die anderen sind auch bereits da.«

»Ich dachte, wir machen morgens keine Treffen mehr?«, fragte Toni irritiert. »Oder habe ich da was falsch verstanden?« Sie hoffte, dass ihr Ton verriet, dass sie sich in ihrer Funktion überfahren fühlte.

»Shirley hat die anderen angerufen«, antwortete Ben. »Nur Mr. Hampton konnte sie nicht erreichen.«

Wieder sah er niemanden direkt an.

»Hab mein Handy zu Hause liegen lassen«, sagte Brad.

Etwas an seiner Stimme ließ Toni aufhorchen. Sie hatte das Gefühl, dass Brad nicht die Wahrheit sagte.

Sie sah, wie Ben die angelehnte Tür zum Aufenthaltsraum aufstieß, in dem ihre Mitarbeiter flüsternd und Kaffee trinkend herumsaßen. Paul hatte einen Fuß auf dem Tisch, den er sofort herunternahm, als Ben eintrat. Brad folgte ihm.

»Ich bin seit sieben Uhr hier«, flüsterte Shirley Toni über den Tresen zu. »Ben hat mich gestern Abend angerufen und gesagt, ich solle früher kommen, damit er an den Computer kann. Er ist alle Belege seit unserer Eröffnung durchgegangen.«

»Warum hast du mich nicht angerufen?«, flüsterte Toni zurück.

Shirley wand sich auf ihrem Stuhl. Sie sah heute Morgen ganz besonders unglücklich aus.

»Ich wusste nicht, ob ich das durfte«, sagte sie leise. »Es tut mir so leid, Toni.«

Toni wollte etwas erwidern, es fiel ihr eine Menge ein, aber Shirleys Gesichtsausdruck hielt sie davon ab. Die war eine treue Seele, die sich nur der nächsthöheren Autorität beugte. Es hatte keinen Sinn, ihr Vorwürfe zu machen.

»Miss Halliday, kommen Sie?«, fragte Ben. Er stand im Türrahmen und sein Blick hatte dieselbe Unnachgiebigkeit, die Toni bereits am Samstagabend aufgefallen war.

Sie warf ihr Haar nach hinten und marschierte an ihm vorbei.

»Setzen Sie sich«, sagte Ben und deutete mit dem Kopf auf einen der leeren Stühle. Offenbar hatte er nicht vor, sie in seine Ankündigungen mit einzubeziehen. Einen Moment wollte Toni sich widersetzen, aber ihr fehlte der Widerstandsgeist. Ohne Murren nahm sie neben Brad Platz.

»Sie wissen, ich bin hier, weil es nicht gut läuft«, sagte Ben. »Gestern konnte sich keiner von Ihnen vorstellen, warum das so ist.«

Er machte eine Pause, als erwartete er darauf eine Antwort. Keiner sagte etwas.

»Ehrlich gesagt fragte ich mich das auch. Die Buchungen könnten mehr sein, aber sie sind nicht so schlecht wie erwartet. Daran konnte es nicht liegen.«

»Mein Reden«, sagte James und verschränkte die Arme vor der Brust.

»Also musste es etwas anderes sein«, sprach Ben unbeeindruckt weiter. »Ich habe mir gestern und heute Morgen die Buchführung angesehen und bin dabei auf interessante Dinge gestoßen.«

Tonis flaues Gefühl, das sie schon auf dem Hinweg gehabt hatte, verstärkte sich zusehends. Sie wünschte, sie wäre heute Morgen gar nicht erst aufgestanden.

»Tatsächlich war es nicht ganz einfach zu finden«, sagte Ben.

Er hatte die Hände in die Hosentaschen vergraben und schritt auf und ab. Toni wurde das Gefühl nicht los, dass er seinen Auftritt genoss. Sie musste sich zusammenreißen, um bei dem Anblick seiner Lippen und der muskulösen Arme nicht auf Gedanken zu kommen, die im Moment hier nichts zu suchen hatten.

»Aber wenn man es einmal erkannt hat, fällt es einem sofort ins Auge. Das ist wie das Lösen eines Knotens. Der Rest läuft von alleine. Auch wenn ich mir gewünscht hätte, es wäre mit ein paar Marketingmaßnahmen getan gewesen.«

»Es wäre schön, wenn Sie endlich mit der Sprache herausrücken würden«, hörte Toni sich sagen. »Was genau werfen Sie uns eigentlich vor?«

»Gut, dass Sie es ansprechen, Miss Halliday«, erwiderte Ben und schaute ihr das erste Mal für heute ins Gesicht. »Nach dem jetzigen Stand muss ich davon ausgehen, dass jemand in dieser Runde die Shipwreck Diving Company um jede Menge Geld betrogen hat.«

Stacey klappte mit dem Stuhl nach vorne, mit dem sie die ganze Zeit auf den Hinterbeinen gekippelt hatte. Das war nur der Startschuss für den Tumult, der sich danach erhob.

»Bist du vollkommen verrückt geworden!«, schrie Toni, nachdem sie ihre Bürotür geschlossen hatte. Ben hatte auf ihrem Stuhl Platz genommen und schaute sich etwas auf dem Bildschirm an.

»Sei ein wenig leiser, alle können dich hören.«

»Das ist mir egal«, herrschte Toni ihn an. »Und wenn, ist es nur Shirley, die das mitbekommt. Damit kann ich leben. Die anderen sind längst auf dem Weg zu ihrer Arbeit.«

Toni versuchte immer noch zu verarbeiten, was sie gerade gehört hatte. Eins war sicher, das wusste er nicht erst seit gestern Abend. Wahrscheinlich waren die

Unregelmäßigkeiten in der Buchführung überhaupt erst der Grund, warum er hier war.

»Darum bist du also gekommen«, sprach sie laut aus, was sie dachte. »Es ging dir gar nicht um dieses verdammte Marketing. Du solltest uns ausspionieren.«

»Sag das nicht so, als hätte ICH was falsch gemacht«, entgegnete Ben. Seine Stimme war gleichbleibend ruhig, aber die steile Falte auf seiner Stirn zeigte, dass er verärgert war. »Ich bin nicht der, der auf moralisch schwankendem Boden steht. Hier in der Filiale ist etwas ganz und gar nicht in Ordnung, und das werde ich herausfinden.«

»Jetzt wird mir einiges klar«, erwiderte Toni mit erstickter Stimme. »Darum warst du so nett zu mir. Du wolltest Informationen über meine Leute aus mir herauslocken.«

»Das ist deine Meinung. Ich werde dich nicht vom Gegenteil überzeugen.«

»Das brauchst du auch gar nicht. An deinen Erklärungen habe ich nämlich überhaupt kein Interesse.«

»Das trifft sich gut. Ich an deinen auch nicht.«

»Weißt du was, ich will dich nie wiedersehen!«

Toni floh aus ihrem Büro und schlug die Tür hinter sich zu.

KAPITEL 10

Toni lief auf die Straße und stellte erst nach etlichen Metern fest, dass sie ihre Jacke vergessen hatte. Aber sie würde eher erfrieren, als noch einmal zurückzugehen, um sie zu holen.

Ihre Sicht war verschwommen und sie dachte, ihr wären Schneeflocken ins Auge gekommen, bis sie bemerkte, dass sie weinte.

»Dieses Schwein«, schluchzte sie, ohne zu bemerken, dass ein Mann, der seinen Hund spazieren führte, ihr einen merkwürdigen Blick zuwarf.

Sie wischte sich mit dem Handrücken über die Augen, wohl wissend, dass sie damit ihre Wimperntusche verschmierte und sie garantiert mal wieder aussah wie ein Panda. Aber wen juckte das schon? Sie musste keinem gefallen. Jetzt nicht mehr.

Sie stolperte mehrmals über das Kopfsteinpflaster, da sie immer noch nicht gut sah. Die Leute auf der

Straße und in den Autos mussten sie für eine Irre halten. Wahrscheinlich für eine betrunkene Irre. Sie hatte das dringende Bedürfnis, Nancy zu sehen.

Nancys Schneiderei im Erdgeschoss des Hauses, wo sie wohnten, war wie ihre Wohnung ein Spiegelbild ihrer Besitzerin. An den Wänden hingen Zeichnungen ihrer Kreationen und die Kleiderständer waren mit Lichterketten geschmückt. Sobald man eintrat, tauchte man in eine pinkfarbene Wolke aus Tüll und Chiffon. Der Verkaufsraum war leer, aber das Glöckchen an der Tür bimmelte beim Öffnen hektisch. Im Hinterzimmer hörte sie das Rattern einer Nähmaschine, das in dem Augenblick verstummte, als Toni die Tür aufstieß. Einen kurzen Moment später stand Nancy vorne im Laden.

»Um Himmels willen, was ist denn bloß los?«, fragte sie und eilte Toni entgegen. Gerade früh genug, um diese aufzufangen, die sich einfach nach vorne in Nancys Arme fallen ließ.

Sie war keine Heulsuse, das letzte Mal, das sie richtig geweint hatte, war bei der Rede auf ihrer Geburtstagsparty gewesen, die ein viel zu jähes Ende gefunden hatte. Aber das war aus Rührung geschehen.

»Er ist ein solches Schwein«, schluchzte Toni.

»Wer? Brad?«

»Ben!«

»Was ist denn nur passiert?«

Nancy blieb auch in Augenblicken großer Krisen gelassen und verständig. Dieses Mal schien sie aber selbst beinahe so aufgewühlt zu sein wie Toni. Wahrscheinlich weil sie sie noch nie in solch einem Zustand gesehen hatte.

Toni schniefte und nahm das Papiertuch, das Nancy mit der freien Hand aus der Box auf dem Kassentisch geangelt hatte. Sie schnäuzte sich und schluckte den Kloß in ihrem Hals hinunter. Nancy wartete geduldig, bis sie damit fertig war.

»Er hat uns alle zusammengetrommelt. Offenbar stimmt was mit unserer Buchführung nicht und er will herausfinden, was da los ist.«

»Etwas stimmt nicht? Das kann alles Mögliche bedeuten. Was stimmt denn nicht?«

»Das hat er nicht so genau gesagt. Nur dass es so aussieht, als würde jemand die Firma um Geld betrügen. Jede Menge Geld sogar, wie er sagte.«

Sie fragte sich, um welche Summe es sich hierbei handelte. Das hätte sie sicher erfahren, wenn sie nicht so kopflos aus dem Büro gestürmt wäre.

»Das ist übel«, erwiderte Nancy. Ihr sonst so fröhlicher, ungetrübter Blick war ernst geworden. »Und davon hast du nichts bemerkt?«

»Wie sollte ich? Du weißt doch, was für eine Niete ich in so etwas bin. Shirley hat das immer gemacht. Ich habe mich auf sie verlassen.«

Toni hatte 2014 an einem Community College ihrer Heimatstadt einen Kurs in Buchführung belegt. Das war mehr auf das Drängen ihres Vaters hin geschehen als aus Überzeugung. Sie hatte gewusst, wie ihr Lebensweg aussehen sollte und Buchführung gehörte nicht dazu. Die Prüfung hatte sie zwar mit Ach und Krach bestanden, aber den Stoff in dem Moment schon vergessen, als sie wieder in die Freiheit entlassen wurde. Sie war froh gewesen, dass sie die Erlaubnis der Shipwreck Diving Company bekommen hatte, jemanden für diese Arbeit einzustellen.

»Meinst du, Shirley war es?«, fragte Nancy. Sie sah nun eindeutig besorgt aus, was es Toni nicht leichter machte, sich einzureden, dass vielleicht doch nicht alles so schlimm war, wie es auf den ersten Blick aussah. Nancy hatte einen klaren Blick auf die Welt, in der nur hin und wieder rosa Wattebäuschchen herumschwebten, die sie aber nicht abhielten, ihre Umwelt und ihre Mitmenschen realistisch zu betrachten.

»Nein, das kann ich mir nicht vorstellen. Nicht Shirley«, antwortete Toni.

Es kam heftiger aus ihr heraus, als sie es gewollt hatte. Aber Shirleys Leumund anzuzweifeln war etwas, das ihr Magenschmerzen bereitete. Sie konnte nicht glauben, sich nicht auf ihre Loyalität verlassen zu können. Auch wenn ihre Situation nicht einfach war, würde Shirley so etwas niemals tun. Da war sich Toni sicher.

»Was hat Ben sonst noch gesagt?«, fragte Nancy weiter. »Was hat er zu *dir* gesagt?«

Toni putzte sich noch einmal die Nase, aber hauptsächlich, um Zeit zu gewinnen. Was hatte Ben wirklich zu ihr gesagt? Es fiel ihr nicht leicht, richtig einzuordnen, was tatsächlich geschehen war. Wenn sie zornig war, hörte sie nicht mehr vernünftig zu.

»Er hat nicht direkt behauptet, dass ich etwas damit

zu tun habe«, sagte sie dann. »Aber es war so ... durch die Blume. Er hat was von einem moralisch schwankenden Boden geredet, auf dem ich stehe.«

Allein die Erinnerung an diese Aussage trieb ihr wieder die Tränen in die Augen. Gestern hatte sie diesen Mann noch geküsst und abends auf der Couch seine vom Arbeiten rauen Finger auf ihrer Haut gespürt. Es kam ihr vor, als hätte sie heute einem vollkommen Fremden gegenübergestanden. Er ist ein vollkommen Fremder für dich, meldete sich ihre innere Stimme. Sie versuchte, nicht zuzuhören, es war zu schmerzhaft.

»Das ist übel«, bestätigte Nancy ihre schlimmste Befürchtung.

Toni wurde bewusst, wie sehr sie darauf gehofft hatte, dass ihre Freundin ihre Besorgnis in alle Winde verstreuen würde.

Nancy schaute über ihre Schulter und schob Toni dann ein Stück zur Seite.

»Geh ins Hinterzimmer«, sagte sie. »Da kommt Mrs. Finley.«

Mrs. Finley war eine Kundin aus Fine Falls, die zweimal die Woche immer zur gleichen Zeit auftauchte. Sie begutachtete alle Kleider, zupfte hier und da am Stoff und versuchte, Nancy in ein Gespräch über Haute Couture zu verwickeln, was diese stoisch ertrug. Sie kaufte nie etwas. Darüber hinaus war sie eine grauenhafte Klatschtante. Toni hatte nicht die geringste Lust, ihr zu begegnen. Sie eilte an Nancy vorbei und verschwand durch die Tür auf der Seite mit den selbst genähten Hoodies.

Das Nähzimmer war schmal und eng, beherbergte aber dennoch alles, was Nancy brauchte. Man konnte nicht durch den Raum gehen, ohne gegen etwas zu stoßen. In dem Regal auf der Längsseite lagen Stoffe, Schleifen und Aufbewahrungsboxen mit bunten Knöpfen, die Toni normalerweise immer heiter stimmten. Der Garnrollenhalter war ein Kaleidoskop eines Regenbogens. Auf der Fensterbank standen Zimmerpflanzen in farbenfroh bemalten Übertöpfen und daneben hing eine Fotocollage, die immer viel Grund zum Lachen bot. Toni war nicht nach Lachen zumute. Sie wischte über ihre Augen und sah schwarze Schmiere an ihren Fingern. Sie musste sich unbedingt die Augen abwaschen. Leider befand sich die Toilette auf der anderen Seite des Verkaufsraums. Sie würde warten müssen, bis Mrs. Finley wieder gegangen war.

Sie setzte sich auf die Truhe zwischen dem Schrank und dem Zuschneidetisch. Wie oft hatte sie hier mit Nancy gesessen, Kaffee getrunken, erzählt und gelacht, während ihre Freundin fleißig die Nähmaschine schnurren ließ, um eine ihrer wunderbaren Kollektionen zu verwirklichen. Es schien Toni so lange her, als wäre es in einem anderen Leben gewesen. Sie hörte das Glöckchen an der Ladentür bimmeln.

»Sie ist weg«, sagte Nancy, die den Kopf durch die Tür steckte. »Jetzt werden wir einen Moment Ruhe haben. Ich habe das Geschlossen-Schild aufgehängt.«

»Das musst du nicht tun«, protestierte Toni. Sie

wusste, dass Nancy noch auf jeden Kunden angewiesen war. Sie verdiente gerade so viel, um die Miete und ihre Lebenshaltungskosten zu finanzieren.

»Wenn es meiner besten Freundin schlecht geht, können die Kunden warten«, erwiderte Nancy bestimmt. »Bei diesem Wetter kommt sowieso keiner.«

»Es hat so wehgetan«, erzählte Toni. »Das gestern Abend war nur ein billiger Auftakt zu dem, was heute geschehen ist. Da dachte ich schon, es könnte nicht mehr schlimmer kommen. Aber ich habe mich wohl geirrt.«

»Du meinst doch nicht, das gestern war der Grund für das heute?«

Toni musste einen Moment über den Sinn dieser Frage nachdenken. Wäre der Tag heute anders gelaufen, wenn sie gestern Abend auf Bens Angebot eingegangen wäre?

»Er hat mich belogen«, sagte Toni. »Er hat mir was von Marketing erzählt, er hat mich geküsst. Er wollte eine Affäre. In Wirklichkeit ist er nur hier, um unsere Filiale zu demontieren.«

»Aber das passt doch alles nicht zusammen«, sagte Nancy. »Erst küsst er dich und ist unheimlich romantisch. Dann macht er dir ein eindeutiges Angebot und sagt dir heute Morgen, dass er dich für verdächtig hält. Das ist alles so ... zusammenhanglos.«

»Ich kann auch nichts dafür, dass Mr. Ben Adams sich nicht logisch verhält. Ich glaube immer noch, er wollte einfach nur Informationen von mir bekommen. Wahrscheinlich hat er gedacht, dass ich mich ihm wie eine dumme Gans an den Hals werfen würde.«

Was fast erfolgreich gewesen wäre, wenn er gestern Abend nicht etwas Falsches gesagt hätte. Nicht auszudenken, wenn sie auf sein Angebot eingegangen wäre. Wenigstens konnte sie somit noch ihr Gesicht wahren, auch wenn sie sich gewünscht hätte, dass es niemals so weit gekommen wäre.

»Ich finde es trotzdem komisch«, sagte Nancy nachdenklich. »Geh dir eben das Gesicht waschen. Ich koche in der Zeit eine Kanne Kaffee.«

Toni ging durch den Laden in den Waschraum und begutachtete ihr Gesicht im Spiegel. Es war kein Wunder, dass der Fußgänger vorhin sie so merkwürdig angesehen hatte. Sie ließ das Wasser laufen, bis es warm war und hielt die geöffneten Hände darunter. Sie spürte, wie Wassertropfen ihre Wangen herunterrannen.

»Was soll ich jetzt tun?«, fragte sie kurze Zeit später, als sie sich zu Nancy an den Tisch setzte.

»Ich weiß nicht, ob Weglaufen die beste Idee war«, antwortete Nancy ehrlich. »Das sieht so aus, als würdest du dich schuldig fühlen.«

»Ich war nur so wütend«, sagte Toni. »Du weißt, wenn ich wütend bin, sage ich manchmal schreckliche Sachen. Es war besser, es nicht so weit kommen zu lassen.«

»Aber du wirst dich der Sache stellen müssen«, erwiderte Nancy. »Du bist die Chefin in diesem Laden. Auch wenn du dich am liebsten mit der Decke über dem Kopf im Bett verkriechen würdest. Du musst da wieder hin.«

Toni liebte und hasste gleichzeitig Nancys praktische Art, die Welt zu betrachten. Sie war manchmal so beängstigend erwachsen.

»Du hast recht«, lenkte sie dennoch ein. »Auch wenn ich ihm an den Kopf geworfen habe, dass ich ihn nicht mehr sehen will.«

»Das wird er wohl nicht allzu übel nehmen«, sagte Nancy gelassen.

Toni löffelte Zucker in ihren Kaffee und rührte in der Tasse. Es musste doch etwas geben, womit sie sich wehren konnte.

»Vielleicht sollte ich in der Zentrale anrufen und mich beschweren«, sagte sie.

»Hältst du das für eine gute Idee? Schließlich hat ihn die Zentrale geschickt.«

»Die interessieren sich sicher dafür, mit welchen Methoden er arbeitet«, erwiderte Toni. »Ich glaube nicht, dass alle PR-Berater die Chefin einer Filiale anmachen.«

»Wirklich, Toni? Rache? Das passt so gar nicht zu dir.«

Nancy zog eine Tüte Kekse aus dem Regal und stellte sie zwischen ihnen. Sie angelte sich ein Waffelröllchen mit Schokolade heraus.

»Trotzdem kannst du anrufen«, fuhr sie kauend fort. »Du musst Ben zuvorkommen. Erzähle denen von seinem Verdacht. Sag ihnen, dass du natürlich alles tun wirst, um die Sache aufzuklären. Das macht einen guten Eindruck.«

Obwohl Toni bis eben keinen Hunger gehabt hatte, nahm sie sich jetzt doch einen Keks. Auch wenn Nancy etwas typisch Männliches tat, nämlich Ratschläge erteilen, wo man sich als Frau eigentlich nur ausweinen wollte, wusste Toni diese Eigenschaft ihrer Freundin immer sehr zu schätzen.

»Das ist eine tolle Idee«, sagte sie. »Das mache ich sofort, bevor Ben mir zuvorkommt.«

Sie stand auf und drückte sich an Nancy vorbei zu dem schmalen Tisch in der Ecke, auf dem ihre Freundin einen altertümlichen Computer mit einem winzigen Bildschirm stehen hatte. Damit verwaltete sie ihren kleinen Webshop, über den sie ausgesuchte Stücke ihrer Kollektionen verkaufte.

Sie öffnete den Browser und gab *Shipwreck Diving Company* in die Adresszeile der Suchmaschine ein.

»Schau ins Impressum«, sagte Nancy, die aufgestanden war und ihr über die Schulter blickte.

Toni scrollte zu den Kontaktdaten. Sie fischte ihr Smartphone aus der Tasche und wählte die Nummer der Zentrale.

Zehn Minuten später beendete Toni das Gespräch. Sie stopfte ihr Handy wieder in die Jackentasche, das geschah so automatisch, dass sie es gar nicht bemerkte. Genauso wenig wie sie Nancy bemerkte, die das

Nähzimmer während des Gespräches verlassen hatte und nun wiederkam.

»Was ist los?«, fragte diese. Als Toni nicht reagierte, schüttelte sie sie sanft an der Schulter. »Toni, erzähl schon, was haben sie gesagt?«

Toni drehte langsam den Kopf herum zu ihrer Freundin. Das fiel ihr unendlich schwer. Ebenso hatte sie das Gefühl, sie könne nicht laut aussprechen, was sie eben gehört hatte. Wenn sie es laut sagte, würde es wahr werden.

»Toni«, sagte Nancy noch mal. Ihre Stimme klang schrill.

Das weckte sie aus ihrer Lethargie.

»Sie haben keinen geschickt, um uns zu überprüfen«, sagte sie tonlos. »Sie waren überrascht, als ich ihnen davon erzählte.«

Die Frau am anderen Ende der Leitung war freundlich, aber leicht genervt gewesen, als Toni auf ihrer Behauptung beharrte, dass ein PR-Berater der Shipwreck Diving Company bei ihnen nach dem Rechten sah.

»Du meinst, Ben Adams ist ein Hochstapler?«, fragte Nancy geschockt. »Was in aller Welt soll das bedeuten?«

Toni schnaubte kurz und heftig durch ihre Nase.

»Ein Hochstapler? Was gäbe ich dafür, wenn er nur ein Hochstapler wäre. Es ist viel schlimmer.«

»Herrgott, lass dir nicht alles aus der Nase ziehen. Wer ist er?«

»Niemand anderer als der Juniorchef persönlich. Er ist der Sohn des Firmenchefs Buster Adams.«

»Ach du meine Güte«, erwiderte Nancy und wurde blass. »Das bedeutet, dein Boss persönlich hat ihn geschickt?«

»Dieses ganze Marketing-Getue war nichts als heiße Luft«, sagte Toni. »Er ist von Anfang an nur hierhergekommen, um meine Filiale zu überprüfen.«

»Das bedeutet, deinem Boss ist schon vorher aufgefallen, dass hier etwas nicht stimmt«, schlussfolgerte Nancy. Sie war noch nie auf den Kopf gefallen. »Und offenbar war ihm das so wichtig, dass er keinen seiner Angestellten, sondern seinen Sohn geschickt hat.«

Toni merkte auf einmal, wie warm es im Laden war. Sie zog ihre Jacke aus und warf sie wütend auf den Schneidetisch.

»Dieser verdammte Schuft hat mich von hinten bis vorne belogen«, sagte sie. Ihre Stimme zitterte vor Zorn. »Ich gehe sofort wieder ins Büro und reiße ihm den Kopf ab.«

»Ich denke, das hat bis nach dem Lunch Zeit«, erwiderte Nancy ruhig. »Tu jetzt nichts Unüberlegtes. Das könntest du bereuen.«

»Was soll mir denn jetzt noch passieren? Die Sache ist sowieso gelaufen. Er wird mir die Schuld in die Schuhe schieben, und den Job bin ich auch los. Vielleicht werde ich auch noch verurteilt. O Gott«, sagte sie, als ihr bewusst wurde, wie hoch die Wahrscheinlichkeit dafür war.

»Bitte, beruhige dich«, entgegnete Nancy. »Für so etwas braucht man Beweise. Du warst es ja nicht. Du warst es doch nicht, oder?«

»Natürlich nicht«, antwortete Toni empört. »Was denkst du von mir?«

»Reiß mir nicht direkt den Kopf ab.« Nancy hob die Hände und lachte. Das bewirkte wenigstens, dass Toni zurücklächelte. »Ich wollte es nur der Form halber einmal fragen. Ich weiß, dass du eine ehrliche Haut bist.«

Toni spielte mit dem Zipfel einer Stoffbahn und überlegte, wie viel Wahrheit nun richtig war. Aber Nancy war ihre Freundin. Sie hatte verdient, es zu erfahren.

»In meiner Jugend habe ich mal etwas Dummes gemacht«, begann sie. Es war schwer, die richtigen Worte zu finden, damit Nancy sie nicht verurteilte. »Ladendiebstahl. Ein paar Mal. Natürlich hat man mich erwischt. Dafür war ich einfach nicht abgebrüht genug.«

»Wie alt warst du da?«, fragte Nancy. Nichts in ihrer Stimme hörte sich so an, als wolle sie Toni umgehend aus dem Laden oder ihrer Wohnung werfen.

»Sechzehn«, antwortete Toni. »Ich war in einer ziemlich üblen Clique. Ich glaube, meine Eltern sind damals echt verzweifelt. Es war dumm, das habe ich später eingesehen. Heute kommt mir das vor wie ein schlechter Traum.«

»Jugendsünden«, sagte Nancy und winkte ab. »Ich glaube, in der Zeit haben wir alle etwas getan, auf das wir heute nicht mehr stolz sind. Ich habe dir nie erzählt, dass ich mit meinem damaligen Freund nackt auf eine Demo gegen Pelzhandel gegangen bin.«

»Nackt? Wirklich? Wie kommt man denn auf so was?«

»Damals erschien mir das als eine gute Idee«, sagte Nancy leichthin. »Aber das bringt uns bei unserem Problem heute nicht weiter.«

Ihre Freundin hatte *unserem* Problem gesagt. Toni wurde es warm, noch wärmer, als ihr sowieso schon war. Diesmal aber vor Freude.

»Fest steht, dass irgendeiner deiner Mitarbeiter die Firma betrügt«, fuhr Nancy fort. »Bevor du Ben den Kopf abreißt, wäre es bestimmt sinnvoller, mit ihm herauszufinden, wer das ist.«

»Du meinst, ich soll alles vergessen, was er mir angetan hat?«

»Bist du schon mal auf die Idee gekommen, dass er dich geküsst hat, weil er dich mag? Obwohl, sein Vorschlag mit der Affäre war ziemlich daneben. Aber wer weiß, warum er das vorgeschlagen hat. Vielleicht war er sich nicht sicher, wie du seinen Kuss aufgenommen hast.«

Nancys sachliche Art, mit Problemen umzugehen, hatte eine beruhigende Wirkung auf Toni. Sie fühlte sich zwar immer noch geschockt und irgendwie leer, hatte aber das Gefühl, es gäbe einen Weg, vernünftig mit der Situation umzugehen.

»Fest steht, ich werde ihn nie wieder küssen«, sagte sie bestimmt. »Aber ich werde zu ihm gehen. Schließlich habe ich ein reines Gewissen. Doch wie sollen wir herausfinden, wer es getan hat?«

»Es wäre besser gewesen, Ben hätte nicht allen

erzählt, was er herausgefunden hat. Dann könnte man dem Dieb eine Falle stellen. Jetzt sind natürlich alle gewarnt. Das wird nicht einfach.«

»Ich kann es mir bei keinem vorstellen«, sagte Toni. »Sie sind mir alle im letzten halben Jahr so sehr ans Herz gewachsen. Alleine der Gedanke, dass einer die Firma und damit auch mich hintergangen hat, macht mich wütend.«

Und es würde bedeuten, dass die Freundschaft, die ihr in dieser Zeit entgegengebracht worden war, auf den Prüfstand gestellt werden musste. Ihr wurde jetzt schon ganz flau bei diesem Gedanken.

»Rede mit Ben«, sagte Nancy noch einmal eindringlich. »Er weiß vielleicht besser, was zu tun ist.«

Ihre Köpfe fuhren hoch, als jemand draußen an der Ladentür laut und eindringlich klopfte.

»Ich lass euch allein«, sagte Nancy, als sie mit Brad im Schlepptau hereingekommen war.

In Nancys engem Nähzimmer wirkte Brad mit seinem Batikhemd und den Rastalocken sehr viel weniger exotisch als draußen. Toni wurde wieder bewusst, was ihr von Anfang an an ihm gefallen hatte. Er verkörperte die Freiheit und die Unabhängigkeit, nach der sich Toni immer gesehnt hatte. Er erschien ihr wie eine Flucht aus dem Alltag, von dem sie nun gezwungen wurde, ihn zu meistern.

»Shirley hat mich angerufen«, sagte er. »Ich bin direkt gekommen, als ich es gehört habe.«

»Aber du musst doch arbeiten?«, erwiderte sie. »Was soll Adams sagen, wenn du einfach abhaust?«

»Der Typ ist mir ziemlich egal«, entgegnete Brad. »Vor allen Dingen, nachdem er dich so behandelt hat. Das ist ein Idiot, das habe ich am ersten Tag schon gesehen.«

Toni hätte ihm gerne gesagt, dass Ben sicher alles andere als ein Idiot war, aber sie freute sich, dass er für sie das Risiko auf sich nahm, im schlimmsten Fall vielleicht sogar gefeuert zu werden.

»Ich hätte nicht wegrennen sollen«, sagte sie. »Das war nicht besonders erwachsen. Wenn er uns beschuldigt, sollte ich für meine Leute da sein.«

»Das habe ich dir heute Morgen doch schon gesagt. Der Typ hat was vor. Deswegen sollten wir es ihm jetzt nicht zu leicht machen.«

»Es ist schon schlimm genug, dass es überhaupt einer von uns gewesen sein soll. Das kann ich gar nicht glauben.«

»Was willst du tun?«, fragte Brad.

Er versuchte, sich auf den Hocker am Schneidetisch zu setzen, musste aber feststellen, dass der mit Stoffbahnen belegt war. Er schob ihn wieder zurück und lehnte sich an das Regal. Der Stoff knisterte hinter seinem Rücken. Toni überlegte, ob sie Brad erzählen sollte, wer Ben wirklich war, aber irgendetwas hielt sie davon ab.

»Ich weiß es noch nicht. Ich werde mich morgen mit

ihm zusammensetzen und das besprechen. Das wird unangenehm, ist aber nicht zu ändern.«

»Hast du schon eine Idee, wie es passiert sein könnte?«, fragte Brad.

»Keine Ahnung. Ich gehe die Buchungsbelege von euren Standorten immer in meinem Büro durch und gleiche sie mit den Einnahmen ab. Dann gebe ich alles Shirley. Das hat immer gestimmt.«

»Vielleicht spinnt dieser Ben auch«, sagte Brad. »Da ist sicher nichts dran. Mach dir keine Sorgen.«

Toni fand seinen Spruch etwas zu leichtfertig in ihrer Situation. Aber sie wollte nicht unfair sein. Brad meinte es gut.

»Das ist lieb von dir«, erwiderte sie. »Aber besorgt bin ich dennoch. Dagegen kann ich nichts machen.«

»Ich sag dir was. Am Wochenende lade ich dich ein. Wir gehen ins Kino und danach ganz groß essen. Bis dahin ist der Spuk hier vorbei.«

Das war es endlich. Das Date, worauf sie so lange gewartet hatte. Warum konnte sie sich nur nicht darüber freuen? Sie dachte an Bens Kuss und versuchte, sich vorzustellen, wie es sein würde, wenn Brad sie küsste, denn das würde sicher am Wochenende passieren. Und Ben Adams wäre dann wieder auf dem Weg nach Hause.

»Ich freu mich drauf«, entgegnete sie trotzdem.

KAPITEL 11

»Du solltest was essen. Ich habe sie extra für dich gemacht«, sagte Nancy am nächsten Morgen vorwurfsvoll, als Toni vor einem Teller Pfannkuchen saß und bereits fünf Minuten die Flasche mit dem Ahornsirup in der Hand drehte. Pfannkuchen gab es eigentlich nur sonntags, wenn Nancy mehr Zeit hatte, welche zu machen.

»Keinen Hunger«, erwiderte Toni.

Ihr Magen hatte sich zusammengeballt und schon der Gedanke, etwas essen zu müssen, verursachte ihr Übelkeit.

»Ich kann mitkommen, wenn du willst«, sagte Nancy.

Allein ihr Angebot rührte Toni. Dafür würde ihre Freundin wieder den Laden schließen müssen, trotzdem bot sie es ohne nachzudenken an.

»Nein, geh du ruhig ins Geschäft«, sagte Toni. »Ich

bin schließlich erwachsen und sollte das selbst regeln können.«

Als sie vor dem Büro in der Main Street stand, wünschte sie sich, Nancys Angebot doch angenommen zu haben. Es war die eine Sache, sich zu Hause kluge Sätze zurechtzulegen, die sie zu Ben sagen konnte, eine andere, direkt vor den Toren der Hölle zu stehen. Sie atmete tief durch und trat ein.

»Toni«, sagte Shirley nur, als sie den Kopf hob. »Ben ist in deinem Büro. Du gehst besser sofort rein. Er wartet auf dich.«

Wie konnte Ben auf sie warten, da sie gestern doch geschrien hatte, sie wolle ihn nie wiedersehen? Sie überlegte einen Moment, ob sie klopfen sollte, entschied sich dann aber dagegen. Schließlich war das hier ihr Büro. Sie öffnete die Tür und trat ein. Ihr ganzer Schreibtisch war mit Papieren übersät. Es waren Buchungsbelege. Toni erkannte das an dem Logo auf der rechten Seite und den Handschriften. Sie wurden an den Standorten ausgefüllt und abends von ihren Leuten in ihr Büro gebracht. Obwohl ab September nur noch selten in der Bay getaucht wurde, konnte man bei ihnen Tauchkurse buchen, die dann im örtlichen Schwimmbad von Fine Falls stattfanden. Aber so viele hatte sie am nächsten Morgen noch nie in ihrem Büro vorgefunden.

Ben hatte seine Brille auf die Stirn geschoben. Er wirkte ohne sie fast lächerlich jung und verletzlich. Er hob den Kopf und schob sie wieder runter auf seine Nase, was den Eindruck sofort verfliegen ließ.

»Komm herein«, sagte er ruhig. »Setz dich.«

Toni war versucht ihm zu sagen, dass sie sich setzen würde, wenn sie das wollte und nicht, wenn er das sagte. Aber seit sie wusste, wer er wirklich war, hielt sie es für die denkbar schlechteste Idee, die ihre Situation sicher nicht verbessern würde. Daher nahm sie ohne Murren auf dem Hocker auf der anderen Seite des Schreibtisches Platz.

»Wo kommen diese Buchungsbestätigungen her?«, fragte sie.

»Weißt du das nicht?«, stellte Ben die Gegenfrage. Seiner Stimme war nicht anzumerken, was er dachte.

»Wenn ich das wüsste, dann würde ich nicht fragen«, entgegnete Toni patzig. Dieser Mann machte sie wahnsinnig. Sie hatte es noch nie leiden können, wenn jemand Fragen mit einer Gegenfrage beantwortete.

»Ich habe sie in deinem Schreibtisch gefunden, Toni«, sagte Ben und klang nun eindeutig ernst. Das konnte sie nicht überhören, obwohl sie hoffte, sie hätte sich verhört.

»Ich habe keine Buchungsbestätigungen in meinem Schreibtisch«, antwortete sie hoheitsvoll. Das wusste sie immerhin sicher.

»Leider doch«, erwiderte Ben. »Sie waren noch nicht einmal so einfach zu finden. In der untersten Schublade hinter einem Stapel Flyer.«

»Was redest du da für einen Blödsinn?«, fragte Toni verwirrt. In ihrem Schreibtisch befanden sich in der Regel nichts als Kugelschreiber, Handcreme und Schokolade. Sie hatte nie gewusst, wie sie den Platz in den Schubladen füllen sollte. Sie hing nicht an Dingen. Plötzlich beschlich sie ein mulmiges Gefühl. Hier war etwas ganz und gar nicht in Ordnung.

»Sie sind datiert ab September«, bestätigte Ben ihre Befürchtungen. »Insgesamt reden wir hier von ungefähr ...«, er griff nach einem Blatt auf dem Schreibtisch und schaute kurz drauf, »... 35.000 Dollar.«

»Das verstehe ich nicht«, sagte Toni. Sie fühlte sich plötzlich überfordert. Eine riesige Woge Ärger rollte auf sie zu. Das konnte sie förmlich spüren. Und sie verstand immer noch nicht, was zum Teufel hier los war.

»Wenn ich den Betrag in Verhältnis zu den Ausgaben für Sauerstofffüllungen und Atemkalk setze, bestätigt sich das, was ich bereits vermutet habe«, fuhr Ben ungerührt fort. »Mir ist aufgefallen, dass ihr zu viel davon verbraucht habt. Wenn ich diese Belege dazurechne, stimmen die Ausgaben jedoch wieder.«

»Du meinst, jemand hat die Belege unterschlagen?«, entgegnete Toni völlig entsetzt. »Das kann doch nicht sein.«

»Sie wurden auf jeden Fall unterschlagen«, sagte Ben. »Und sie waren in deinem Schreibtisch.«

»Aber ich habe das nicht getan«, sagte Toni verzweifelt. »Und wenn, glaubst du, ich wäre so verrückt, diese Dinger bei mir aufzubewahren?«

»Das ist es, was mich stutzig macht«, antwortete Ben. »Du wärest auf jeden Fall clever genug, deine Spuren zu verwischen. Es ist zu offensichtlich. Wann hast du das letzte Mal in deinen Schreibtisch geschaut?«

Toni konnte seinem Gedankengang zwar nicht so schnell folgen, da sie immer noch damit beschäftigt war, die Nachricht zu verdauen, dass das Beweismaterial bei ihr gefunden wurde, aber sie verstand sehr wohl, dass Ben nicht glaubte, sie hätte was mit der Sache zu tun. In diesem Moment war ihr alles andere egal.

»Eigentlich nie«, antwortete sie ehrlich. »Ich packe manchmal meine Sandwiches in die obere Schublade. Wenn du Belege in der unteren Schublade gefunden hast, sind die auf jeden Fall nicht von mir.«

Ben lehnte sich zurück und drehte sich im Stuhl hin und her. Es war offensichtlich, dass ihm etwas im Kopf herumging. Er schien sich nicht sicher zu sein, ob er es sagen sollte, hielt dann aber abrupt in seiner Bewegung inne und fixierte sie mit seinen unglaublich braunen Augen.

»Ich muss dich was fragen«, sagte er dann. »Aber du musst mir versprechen, nicht gleich wieder auszuflippen. Denn es wird dir nicht gefallen.«

»Mache ich nicht«, erwiderte Toni. Sie war einfach zu glücklich, dass er ihr diese Tat nicht zutraute. »Um was geht es?«

»Ich habe Erkundigungen über dich eingeholt«, sagte er. »Frag mich bitte nicht, woher ich die habe. Das kann und werde ich dir nicht sagen. Aber ich habe ein paar Dinge herausgefunden, die du vor einigen Jahren gemacht hast.«

Toni wurde nicht gerne an die Zeit erinnert, in der sie die Ladendiebstähle begangen hatte. Sie war sechzehn Jahre und rebellisch gewesen. Heute kam es ihr so vor, als wäre es bereits dreißig Jahre her. Ihre Eltern mussten wegen ihr eine schwere Zeit durchmachen. Dafür schämte sie sich immer noch. Sie hätte gerne dafür um Verzeihung bitten wollen.

»Du weißt von den Ladendiebstählen? In der Zeit habe ich ein paar verdammt schlechte Entscheidungen getroffen.«

»Nein, das meine ich nicht. So was habe ich mir schon gedacht. In dem Alter denkt man nicht immer über das nach, was man tut. Gruppendruck, ich verstehe das. Aber 2014 hat man dich geschnappt, als du Geld aus einem Safe gestohlen hast. Jedoch gab es nie eine Anzeige.«

Toni hatte die Zeit, in der sie mit Ted Mulligan zusammen gewesen war, noch sehr genau vor Augen.

»Ich habe für ihn gearbeitet«, sagte sie. »Aber das weißt du sicher schon. Er hat mich ein paarmal gefragt, ob ich mit ihm ausgehe. Erst wollte ich nicht, doch dann habe ich nachgegeben. Er war süß in seiner Art. Leider hatte er nicht genug Anstand, seine Angestellten zu bezahlen, als das Geschäft schlecht lief.«

»Dann bist du eingesprungen wie ein moderner Robin Hood?«

»So in der Art. Die Leute wussten nicht, wie sie ihre Miete bezahlen sollten, geschweige denn sich was zu essen zu kaufen, und Mr. Wichtig fuhr mit seinem Porsche durch den Ort wie ein verkappter James Dean.

Den konnte er nämlich noch im Monat zuvor kaufen. Dafür war genug Geld da.«

»Du wolltest also nur das Geld holen, was euch deiner Meinung nach zustand?«

»Keinen Dollar mehr. Leider kam er an dem Abend in die Firma, um ein paar Unterlagen zu holen. Dabei hat er mich dann auf frischer Tat ertappt. Wie auf dem Silbertablett serviert.«

»Er hat dich angezeigt, die Anzeige allerdings anschließend zurückgezogen«, sagte Ben.

»Ihm ist dazwischen aufgefallen, wie schlecht er vor Gericht dastünde, wenn es öffentlich würde, dass er seine Angestellten nicht bezahlte. Perry ist eine Kleinstadt, ungefähr so wie Fine Falls. Deswegen ist er zurückgerudert.«

»Ich bin noch nie einem Menschen begegnet, der aus den richtigen Motiven so viel falsch macht«, seufzte Ben. »Doch ich glaube dir. Es gab eine Phase, da habe ich das nicht getan. Das gebe ich zu. Nur bist du nicht so dumm, Beweise gegen dich so offen zu präsentieren. Die hat jemand hier platziert.«

Allein die Idee, dass einer ihrer Mitarbeiter ihr so etwas dermaßen Übles antun wollte, machte Toni sprachlos. Es widersprach all dem, woran sie im letzten halben Jahr geglaubt hatte.

»Was sollen wir jetzt tun?«, fragte sie. Sie konnte nicht vermeiden, dass sie hilflos klang. Aber sie hoffte, dass Ben darauf eine Antwort haben würde.

»Es wird schwierig werden, einem etwas zu beweisen«, erwiderte Ben, genauso wie Nancy bereits vorher. »Wer alles hat Schlüssel hier vom Büro«?

»Jeder«, antwortete Toni unglücklich. Sie hatte das immer für eine gute Idee gehalten, um so ihren Mitarbeitern besonderes Vertrauen zu beweisen. Sie hatte nicht ahnen können, dass es einmal verhindern würde, einen Verdächtigenkreis einzuengen.

»Das ist ... nicht gut«, entgegnete Ben. Ein anderes Wort hatte er offensichtlich verschluckt.

»Sie kommen in der Regel abends erst spät zurück«, verteidigte sich Toni. »Zu der Zeit finden immer noch Tauchkurse statt und das Geschäft in der Jefferson schließt erst um sieben Uhr abends.«

»Können auch im Geschäft Buchungen abgeschlossen werden?«

»Ja. Sowohl am Pier als auch dort.«

»Also können wir es noch nicht einmal auf den Teil Mitarbeiter eingrenzen, der dort arbeitet. Bringen immer dieselben Mitarbeiter die Buchungen vorbei?«

»Nein. Das wechselt. Wir haben so eine Art rotierendes System.«

»Du hast dir wirklich alle Mühe gegeben, die Aufklärung so schwierig wie möglich zu machen.«

»Konnte ich ahnen, dass so etwas geschieht?«, entgegnete Toni giftig.

Sie spürte Trotz in sich hochsteigen. Was war nur los mit ihr? Anstatt froh zu sein, dass ihr Gespräch mit Ben einen Verlauf nahm, der ahnen ließ, sie würde mit einem blauen Auge davonkommen, schaffte er es wieder, sie zur Weißglut zu bringen. Sie atmete tief ein und versuchte, sich zu beruhigen, bevor ihr noch irgendetwas Falsches über die Lippen flutschte.

Ben erwiderte nichts, aber seine Augen ruhten auf ihr. Es war nicht der Blick eines Mannes, der vorhatte, sie ins offene Messer laufen zu lassen. Eher sah sie so etwas wie Traurigkeit in ihm. Eine Welle der Zuneigung überflutete sie. Sie musste sich zurückhalten, um ihm nicht über die Schreibtischplatte um den Hals zu fliegen. Wie konnte sie glauben, Brad könnte ihn ersetzen? Doch Ben würde Fine Falls sofort dann verlassen, wenn sie es geschafft hatten, den Betrug aufzuklären. Sie sollte sich lieber schnell damit abfinden und nicht davon träumen, wie er sie noch einmal küsste.

»Was sollen wir jetzt tun?«, fragte sie stattdessen und bemühte sich, einen möglichst pragmatischen Tonfall anzuschlagen.

»Ich sag dir, was ich jetzt tue«, antwortete Ben, aber es klang nicht herablassend. »Ich werde ein paar Nachforschungen über unsere Mitarbeiter hier anstellen. Ich glaube nicht, dass es das erste Mal war, dass jemand so etwas veranstaltet hat. Dafür ist die ganze Sache zu kontrolliert durchgezogen worden.«

»Du meinst, solch eine Kaltschnäuzigkeit muss man erst lernen?«

»Ja. Auf jeden Fall über so einen langen Zeitraum. Je eher ich es herausfinde, desto schneller bist du mich wieder los.«

Es sollte wohl lustig klingen, doch Toni entging nicht der nachdenkliche Unterton, der in dieser Aussage mitschwang. Sie wollte jetzt nicht darüber nachdenken, wie das Leben hier in Fine Falls für sie weiterging, wenn Ben fort war. Sie hatte Angst, dass man ihr die Gedanken im Gesicht ablesen konnte, und wechselte schnell das Thema.

»Sollten wir nicht die Polizei rufen?«, fragte sie. »Sicher haben die noch ganz andere Möglichkeiten, etwas herauszufinden.«

»Glaub mir, meine Quellen sind auch ziemlich gut. Ich will nicht so viel Wind um die Sache machen. Je weniger die Zentrale von dem weiß, was hier vorgeht, desto besser ist es.«

»Das kann dir doch vollkommen egal sein«, sagte Toni patzig. Sie hatte nicht vorgehabt, Ben zu erzählen, was sie von ihm wusste, aber Dinge hinter dem Berg zu halten, lag Toni Halliday nicht. »Ich glaube nicht, dass der Sohn des Chefs irgendjemandem Rechenschaft ablegen muss.«

»Also bist du dahintergekommen«, erwiderte er, ohne ertappt zu wirken. »Ich habe mich gefragt, wie lange es dauert.«

»Du hast mich angelogen«, stellte sie fest.

»Nein, das habe ich nicht getan. Ich bin nicht unter falschem Namen gekommen. Ich habe dir nur nicht gesagt, wer mein Vater ist. Das ist mein gutes Recht.«

»Ja, so wie deine Behauptung, dass du PR-Berater der Firma bist und hier ein bisschen Marketing betreiben willst.«

»Ich *bin* PR-Berater, zumindest bin ich es gewesen. Leider hatte ich dafür weder Talent noch Lust. Hierher bin ich nur gekommen, weil mein Vater mich darum gebeten hat.«

Es klang schlüssig, was er sagte, doch Toni fühlte sich immer noch verletzt. Warum hatte er ihr nicht von Anfang an die Wahrheit gesagt? Weil er dich auch verdächtigt hat, flüsterte ihre innere Stimme ihr zu. Er hat es dir zugetraut, trotzdem hat er dich geküsst.

»Ben, wegen gestern ...«, begann sie.

Er brachte sie mit einer Handbewegung zum Schweigen. Ruckartig und rüde.

»Das mit gestern vergessen wir besser wieder. Es war nicht einer meiner schlauesten Einfälle. Dabei kann ich mich noch nicht einmal damit entschuldigen, dass ich betrunken war, obwohl es eine Erklärung sicher erleichtern würde.«

»Also wirst du wieder fahren, wenn das hier vorbei ist?«

»Natürlich«, erwiderte Ben und klang erstaunt. »Warum denn auch nicht?«

KAPITEL 12

»Und er glaubt wirklich nicht, dass du etwas damit zu tun hast?«, fragte Nancy nun bereits das dritte Mal, nachdem ihr Toni die Vorgänge des heutigen Tages erzählt hatte.

Sie saßen im *Joey's* an der Main Street und hatten sich eine Paella bestellt. Ab den Mittagsstunden war die Wolkendecke wieder aufgebrochen und hatte einen immer blauer werdenden Himmel enthüllt, der so selbstbewusst daherkam, als wolle er sich den Platz nicht mehr streitig machen lassen. Toni hatte fast das Gefühl, den herannahenden Frühling schmecken zu können. Es würde ihr erster Sommer in Fine Falls und an der Chesapeake Bay sein. Die Tauchfahrten zu den Wracks entlang der Küste starteten dann und dauerten bis in den frühen Herbst, wenn die Krabbensaison in der Region ihren Höhepunkt erreichte. Sie hatte schon ein halbes Jahr auf diese Zeit gewartet. Warum fiel es ihr nun so schwer, sich darauf zu freuen?

»Auf diese Frage antworte ich gar nicht mehr«, sagte Toni. »Oder besser ausgedrückt: Für so dämlich hält er mich dann doch nicht.«

»Ich glaube nicht, dass er das gesagt hat«, erwiderte Nancy und lutschte an ihrem Löffel. Sie sah nachdenklich, aber gleichzeitig glücklich aus. Toni liebte die Gewissheit, ihre Freundin so an ihrem Leben teilnehmen zu sehen. Das gab ihr wieder das Gefühl, eine Familie zu sein, was sie unendlich vermisst hatte.

»Hat er natürlich nicht«, gab sie zu. »Ich bin nur froh, dass er mir glaubt. Allerdings ist das Gefühl, so hintergangen worden zu sein, unbeschreiblich übel. Ich bin schon eine ziemliche Idiotin.«

»Bist du nicht. Du hast Vertrauen. Das ist etwas Gutes. Es wird immer Menschen geben, die das ausnutzen. Das ist aber kein Grund, damit aufzuhören.«

Toni rührte in ihrem Milchshake, den sie immer trank, wenn sie das *Joey's* besuchte. Er war der beste der Stadt.

»Das werde ich mir noch mal überlegen, wenn die ganze Sache vorbei ist«, sagte sie.

»Was habt ihr jetzt vor?«

»Ben ist in sein Hotel gefahren, um etwas über die anderen herauszufinden. Er kommt hierher, wenn er damit fertig ist. Dann sehen wir weiter.«

Ben und sie hatten den Vormittag damit zugebracht, Theorien aufzustellen und zu verwerfen. Toni hatte aus ihrem Gedächtnis hervorgekramt, was sie von den anderen wusste, musste aber leider feststellen, dass nichts davon nur annähernd hilfreich war. Sie wusste, dass Stacey den Obdachlosen half, aber nicht, wie sie das tat. Davis nahm seit Neuestem Flugstunden. Dass es ein teures Hobby sei, hatte er ihr einmal erzählt. Aber reichte das, ihn des Betrugs zu beschuldigen? So sehr sie es auch drehten und wendeten, waren sie keinen Schritt weitergekommen. Toni hoffte nun darauf, dass Ben den entscheidenden Hinweis finden würde.

»Habt ihr über das gesprochen, was gestern Abend war?«

Manchmal war Nancy Toni unheimlich. Sie schaffte es immer wieder, den Finger in die Wunde zu legen, die am meisten schmerzte. Sie ließ nie zu, dass sich Toni nicht ihren Problemen stellte. Heilungsprozess nannte sie das.

»Ich wollte, aber er hat es abgeblockt«, sagte Toni. »Es schien ihm unangenehm zu sein.«

»Unangenehm ist besser als unwichtig«, erwiderte Nancy. »Es ist nur ein Zeichen, dass er sich damit beschäftigt, was zwischen euch war.«

»Und was nie wieder sein wird«, entgegnete Toni bestimmt. »Die ganze Sache war sowieso eine Schnapsidee. Bald ist er weg, wahrscheinlich wieder in Florida. In seiner eigenen Welt, in die ich nicht hineinpasse.«

»Das ist nur deine Meinung«, sagte Nancy gutmütig. »Was wirst du also machen? Mit Brad ausgehen? Mit ihm an dem Punkt weitermachen, an dem ihr stehen geblieben seid?«

Das hatte Toni sich ebenfalls bereits gefragt. Aber

Brad schien inzwischen so weit entfernt von ihrem Leben zu sein, dass sie ihn schon beinahe nicht mehr sehen konnte.

»Ich glaube nicht, dass wir zusammenpassen«, sagte sie dann. »Er ist nett, und er mag mich. Aber das reicht nicht. Es war ein schöner Traum, und eine Zeit lang hat mir das auch gereicht. Es wird schwer sein, ihm das klarzumachen. Doch ich habe mich verändert.«

»Seit Ben dich geküsst hat«, ergänzte Nancy. »Du hast nur ein anderes Bild davon bekommen, was Liebe bedeutet.«

»Was redest du denn da? Ich liebe Ben doch nicht«, entgegnete Toni heftig. »Ich kenne ihn noch nicht mal richtig.«

»Manchmal muss man jemanden nicht lange kennen, um sicher zu sein. Es muss nur der Richtige sein.«

»Ben Adams ist auf gar keinen Fall der Richtige«, sagte Toni entschieden. »Dafür regt er mich zu sehr auf.«

»Alles Anzeichen, dass du deinem Traummann begegnet bist.«

»Ich höre dir gar nicht zu«, sagte Toni und hielt sich die Hände vor die Ohren. Leider reichte das nicht, um ihre Außenwelt abzuschotten.

»Dein Nicht-Traummann kommt gerade zur Tür herein«, konnte sie Nancy immer noch sagen hören.

Toni drehte sich um, obwohl sie es nicht vorgehabt hatte. Ben war eingetreten und stand nun einen Moment spähend im Türrahmen, bis sein Blick bei Nancy und ihr hängen blieb. Toni hob kurz den Arm und winkte halbherzig. Ben Adams sollte sich bloß nicht einbilden, dass sie auf ihn gewartet hatte.

Er zog die Augenbrauen hoch und kam zu ihnen herüber. Mit jedem Schritt wurde sich Toni mehr bewusst, wie schön er war und was sie vermissen würde, wenn er Fine Falls verließ. Aber darüber sollte sie jetzt nicht nachdenken. Herauszufinden, was in der Firma geschah, war wichtiger als ihre lächerliche Schwärmerei für einen Schönling aus Florida.

Ben zog sich einen Stuhl vom leeren Nachbartisch heran und setzte sich zu ihnen. In der Hand trug er einen schmalen Ordner, aus dem die Ecken von losen Blättern hingen. Er nickte Nancy zu.

»Ich habe einiges Interessantes herausgefunden«, sagte er anstatt einer Begrüßung. »Ich weiß nur nicht, ob es eine gute Idee ist, dass Nancy hier ist.«

»Nancy ist meine Freundin und sie bleibt«, erwiderte Toni bestimmt. Sie hatte einen Moment geglaubt, er hätte sich etwas besonnen, und nun machte oder sagte er wieder irgendetwas, was ihn erneut in einen absoluten Kotzbrocken verwandelte. Sie funkelte Ben an und war durchaus bereit, für Nancys Anwesenheit bei dieser Unterredung zu kämpfen.

»Lass gut sein, Toni«, sagte Nancy friedlich. Im Gegensatz zu ihrer Freundin schien sie Bens Bemerkung nicht aufzuregen. »Ben hat nämlich absolut recht.

Das sind Firmeninterna, über die ihr hier redet. Dabei habe ich wirklich nichts zu suchen.«

Sie stand auf, legte ein paar Dollar auf den Tisch und gab Toni einen Kuss.

»Ich gehe zurück ins Geschäft. Die Mittagspause ist bald rum. Außerdem erzählst du mir heute Abend sowieso alles.«

Nancy legte Ben kurz die Hand auf die Schulter und er lächelte sie an. Sie wirkten in diesem Moment wie gute Freunde, die sich ohne Worte verstanden. Toni spürte einen Stich. Warum hatte Ben für jeden ein warmes Lächeln übrig, nur für sie nicht? Beide blickten sie Nancy nach, bevor sich ihre Blicke wieder trafen.

»Ich habe erwartet, dass ich so einiges ausgraben werde, aber was ich alles erfahren habe, hat mich doch überrascht«, fuhr Ben fort und klappte den Ordner auf. Er nahm das oberste Blatt in die Hand.

»Das heißt, du weißt, wer es war?«, fragte Toni. Freudige Erregung machte dem noch eben verspürten Ärger Platz.

»Sagen wir mal so, ich bin mir ziemlich sicher«, antwortete Ben.

Er legte das Blatt vor Toni auf den Tisch.

»Sagt dir dieser Mann etwas?«

Toni nahm es in die Hand und sah einen Mann mittleren Alters mit einem breiten Gesicht und ausdruckslosen Augen.

»Nein, wer ist das?«

»Das ist eigentlich der Mann, der bei dir arbeiten

müsste«, erwiderte Ben. »Wenigstens laut seiner Sozialversicherungsnummer.«

Toni schaute sich das Bild erneut genauer an. Einen
Moment hatte sie das Gefühl, die Gesichtszüge wären
ihr vertraut. Jedoch dieser Eindruck war flüchtig und
sie schüttelte dann überzeugt den Kopf.

»Ich habe ihn noch nie gesehen«, sagte sie
bestimmt.

»Das wundert mich nicht. Er hält sich seit zehn
Jahren in Kanada auf. Da betreibt er ein Geschäft für
Angelutensilien und erfreut sich bester Gesundheit.«

»Wie schön für ihn«, entgegnete Toni spöttisch.
»Komm auf den Punkt.«

Ben nahm das nächste Blatt vom Stapel und legte es
vor Toni.

»Das ist der Mann, der unter dieser Sozialversicherungsnummer bei dir arbeitet.«

Diesmal brauchte Toni das Papier nicht anzuheben,
sie erkannte sofort, wen sie darauf sah. Toni hatte das
Gefühl, in einen Abgrund zu stürzen. Es war Brad.

»Das verstehe ich nicht.« Sie wusste, dass sie hilflos
klang, konnte aber nichts dagegen tun.

»Der richtige Brad Hampton ist in Kanada. Der
Mann, den du als Brad kennst, benutzt seine Identität
und seine Sozialversicherungsnummer.«

Es dauerte eine ganze Weile, bis Toni diese unge-
heuerliche Erkenntnis begreifen konnte. Brad sollte
nicht der sein, für den sie ihn bisher gehalten hatte?

»Aber wer ist Brad dann?«

»Der *falsche* Brad? Das konnte ich nicht herausfinden. Es ist auch nicht wichtig. Allein die Tatsache, dass er unter falschem Namen bei uns arbeitet, katapultiert ihn nach oben auf der Skala der Verdächtigen.«

»Was ist mit den anderen?«, fragte Toni, die immer noch hoffte, schlecht zu träumen.

»Sauber«, antwortete Ben knapp, »wenn man von dem ein oder anderen Strafzettel wegen zu schnellen Fahrens absieht. Alles nichts, womit man sich als Verbrecher qualifiziert.«

Toni dachte an den Tag, an dem sie Brad zum ersten Mal getroffen hatte. Sie war sofort fasziniert gewesen von seiner Art, sein Leben zu gestalten, und hatte ihn beneidet um die Freiheit, alles zu tun, was er wollte. Das war in dem Fall, die Shipwreck Diving Company um Geld zu betrügen. Damit nicht genug, er wollte es auch noch ihr in die Schuhe schieben, und als Krönung des Ganzen hatte er kurz zuvor sogar die Dreistigkeit, sie um ein Date zu bitten. Sie konnte es nicht fassen.

»Es tut mir leid, dass ich dir keine besseren Neuigkeiten über deinen Freund bringen kann«, sagte Ben. Es war schwer, den ironischen Unterton nicht zu hören.

»Er ist nicht mein Freund«, erwiderte Toni automatisch, während sie immer noch auf Brads Gesicht starrte. Sie merkte, dass das seltsam wirken musste, und legte das Blatt beiseite.

»Was machen wir jetzt?«, fragte sie dann und räusperte sich. »Zur Polizei gehen?«

»Das wäre sicher nicht die schlechteste Idee. Nur ist eine falsche Identität noch kein Beweis. Zumal ich die Belege in deinem Schreibtisch gefunden habe.«

Toni hob an, um etwas zu sagen, aber Ben brachte sie mit einer Handbewegung zum Schweigen.

»Du warst es nicht, das weiß ich. Aber die Sache wirbelt dann eine Menge Staub auf. Und dass ich die Belege nicht unter den Tisch fallen lassen kann, das siehst du doch ein?«

»Ja, sicher«, erwiderte Toni kläglich. Nicht nur, dass Ben wahrscheinlich niemals etwas tun würde, was moralisch nicht einwandfrei wäre, die Buchungsbelege waren darüber hinaus ein wichtiges Beweismittel.

»Ich werde diesem Brad mal einen Besuch abstatten«, sagte Ben und packte die Papiere zusammen. Eine Kellnerin kam auf ihn zu, doch er winkte ab. Die Frau verschwand wieder.

»Brad wird auf der Arbeit sein.«

»Nein, das ist er nicht. Ich habe es überprüft. Er ist gegen elf Uhr gegangen.«

»Ich komme mit«, entfuhr es Toni sofort.

»Das halte ich für keine gute Idee«, sagte Ben. Seine Stimme klang sanft. »Vielleicht wird es hässlich. Da möchte ich dich nicht gerne dabeihaben.«

»Ich gehe mit«, wiederholte Toni in einem Tonfall, der keinen Widerspruch duldete. Falls Brad sie betrogen hatte, wollte sie sein Gesicht sehen, wenn Ben es ihm auf den Kopf zusagte.

Fine Falls war eine Kleinstadt mit Lebensqualität, wenn man auf der richtigen Seite wohnte. Hübsche Häuser mit großzügig angelegten Veranden reihten sich neben Grünflächen in ruhigen Vorortstraßen, auf denen Kinder spielen konnten, ohne von zu schnellen Autos überfahren zu werden.

In der Innenstadt mit den hübschen roten stuckverzierten Backsteinfassaden wohnten ruhige, zuverlässige Menschen, die dort meistens ein Geschäft hatten und ihren Lebensunterhalt verdienten.

Downtown lebten die, die entweder gar keinem oder einem schlecht bezahlten Job nachgingen. Der Ortsteil Pennington war nahe am Stadtkern, eine Siedlung mit vielen Trailer Homes, die nicht annähernd das Flair und die Lebendigkeit der Innenstadt hatten. Hier wohnten auch die meisten Saisonarbeiter, die für den Krabbenfang kamen. Anhand der Adresse, die Brad im Personalbogen angegeben hatte, lebte er hier.

Ben und Toni fuhren schweigend über die Main Street aus dem Zentrum hinaus und kamen auf den Highway, der an noch nicht angesäten Feldern mit großen Werbeschildern entlangführte. Toni fiel auf, dass sie auch das letzte Mal, als sie an die Küste fuhren, nicht viel gesprochen hatten. Aber dieses Schweigen wirkte auch diesmal nicht bedrohlich. Es war schwer, einen Menschen zu finden, mit dem man gut schweigen konnte.

Ben bog auf die Willington ab. Hier wurde es karger und die Landschaft trostloser, bis sie Pennington erreichten. Sie fuhren an einer Tankstelle vorbei, als das Navigationsgerät meldete, dass sie ihr Ziel erreicht hatten. Ben parkte unter einem Baum, dessen lang herunterhängende Zweige verhinderten, dass sie vom Haus aus gesehen werden konnten, in dem Brad wohnte. Sie stiegen aus und Toni ließ leise die Autotür zufallen. Das Schloss rastete nicht ein und sie drückte dagegen, bis sie das *Klack* hörte.

»Was machst du da?« Ben beobachtete sie amüsiert. »Entspann dich, wir wollen keinen Mafiapaten verhören.«

»Was du nicht sagst.« Toni setzte ihre hochmütigste Miene auf.

Sie beeilte sich, zu Ben aufzuschließen, der mit langen Schritten über den Kies zur Haustür ging. Sie erreichte ihn erst, als er resolut dagegen klopfte. Eine Klingel gab es nicht. Sie warteten einen Moment, aber nichts rührte sich. Ben klopfte erneut.

»Er ist nicht da«, sagte Toni überflüssigerweise.

»Das werden wir überprüfen.«

Ben ging am Haus vorbei und öffnete ein windschiefes Tor, das einen zugewachsenen Weg hinter dem Haus freigab.

»Du bleibst hier«, ermahnte er sie.

Toni beschloss, das geflissentlich zu überhören. Sie folgte ihm. Ben schüttelte mit dem Kopf. Es wirkte resigniert. Wahrscheinlich machte er sich gerade wieder klar, wie unbelehrbar Toni war. Es konnte ihr egal sein. Nach der Sache hier würde er schließlich auf Nimmerwiedersehen verschwinden.

Ben umrundete das Haus mit den roten Schindeln und trat auf eine Terrasse mit Steinplatten. Die Fenster waren blind und die Rahmen marode. Toni erwartete, dass er eine der Scheiben einschlagen würde, und schaute sich vorsorglich um. Das Grundstück wurde umsäumt von einer Hecke. Von dieser Seite des Hauses waren sie nicht zu sehen.

Auf einem Tisch mit abgeschabter Wachstuchdecke stand ein übervoller Aschenbecher. Ein rostiges Feuerzeug lag daneben. Hier rauchte jemand regelmäßig. Ben schob das Fliegengitter der Terrassentür beiseite und zog an der Klinke. Die Tür öffnete sich.

»Wir haben Glück«, sagte er. »Wir begehen schon mal keinen gewaltsamen Einbruch.«

Toni wusste nicht, ob sie das beruhigen sollte. Jedoch erinnerte sie sich daran, dass sie freiwillig mitgekommen war. Es war sicher nicht die richtige Zeit, um sich zu beschweren. Sie folgte Ben in das Innere des Hauses.

Das kleine Wohnzimmer bestand aus einem Fernseher und zwei Sesseln, sonst nichts, was einen merkwürdigen Eindruck von Weitläufigkeit vermittelte. Wegen der fast geschlossenen Lamellenjalousien war es nahezu dunkel im Raum. Durch die spärlich eintretenden Sonnenstrahlen konnte sie Staubkörner sehen, die aufwirbelten, als Ben einen Sessel zur Seite rückte, um in die Küche zu kommen.

»Hat er erzählt, ob er alleine hier wohnt?«, fragte er, als er einen Stoß Papier aufhob.

»Darüber haben wir nie gesprochen«, sagte Toni, die noch damit beschäftigt war, die dreckigen Fenster zu betrachten.

Auf der Esstheke, die das Wohnzimmer zur Küche

abgrenzte, standen zwei Teller und ein Topf. Alles wirkte, als ob die Bewohner des Hauses jederzeit zur Tür eintreten würden. Toni fühlte sich nicht wohl in ihrer Haut.

»Joseph Watts«, las Ben von einem Briefumschlag vor. »Entweder hat dein Brad noch mehr Identitäten oder einen Mitbewohner.«

»Er ist nicht *mein* Brad«, entgegnete Toni verärgert.

Sie umrundete die Theke und ging zu Ben, um einen Blick auf den Brief zu werfen. Sie nahm wieder seinen Geruch wahr, der ihr regelmäßig die Sinne vernebelte und dafür verantwortlich war, dass sie sich nicht mehr vernünftig konzentrieren konnte. Abrupt drehte sie sich weg. Ben legte das Schreiben zur Seite und setzte seine Untersuchung fort.

Das Haus hatte eine zweite Etage, die sie über eine steile Treppe mit über die Jahre blank gescheuerten Holzstufen erklommen. Toni achtete darauf, dass ihre Füße auf der glatten Oberfläche nicht abrutschten. Am Treppenabsatz gab eine offene Tür den Blick in ein Badezimmer frei. Dahinter befand sich ein Abstellraum. Ben stieß die erste Tür rechts auf und betrat ein Schlafzimmer. Auch hier lagen Papiere herum, die er sogleich kontrollierte.

»Wieder der Name Joseph Watts«, sagte er. »Ich glaube, die Theorie mit dem Mitbewohner stimmt.«

Er verließ den Raum, in den Toni gar nicht erst eingetreten war, und versuchte es in einem anderen Zimmer. Es war ebenfalls ein Schlafzimmer.

»Das ist Brads Kette«, sagte Toni und zeigte mit dem

Finger auf einen metallisch-grün schimmernden Anhänger, der in einer Schale auf der Kommode lag. »Er hat ihn schon einmal angehabt.«

»Dann wissen wir wenigstens, dass wir im richtigen Zimmer sind«, erwiderte Ben.

Er ging an Toni vorbei und öffnete nacheinander die Schubladen der Kommode. Toni reckte den Hals. Alle waren leer.

»Sieht aus, als wäre der Vogel ausgeflogen«, sagte Ben.

Er ging zurück in das Badezimmer und öffnete die Türen des Schranks über dem Waschbecken. Auch in diesem fand sich nichts, das darauf hindeutete, dass Brad noch hier war.

»Was machen wir jetzt?«, fragte Toni. Die Vorstellung, Brad als Hauptverdächtigen verloren zu haben, behagte ihr nicht.

»Wir gehen zur Polizei«, sagte Ben. »Wir haben zwar keine richtigen Beweise, aber ich hoffe, dass Brad sich genügend verdächtig gemacht hat, um nach ihm zu fahnden.«

»Sollen wir auf seinen Mitbewohner warten?«, fragte Toni. »Vielleicht weiß er, wo Brad ist.«

»Lassen wir das die Polizei erledigen«, antwortete Ben. Er wandte sich zum Gehen.

»Komm mit«, sagte er, als er sich an der Treppe noch mal zu ihr umdrehte.

Er hielt ihr seine Hand hin, um sie vor dem steilen Abstieg der Treppe zu schützen.

»Mittlerweile hat sicher jeder von euch gehört, dass Brad uns verlassen hat«, sagte Ben vier Stunden später im Aufenthaltsraum der Filiale in der Main Street.

Shirley hatte alle nach Feierabend ins Büro zurückgerufen, nachdem Toni ihr hastig und ein wenig aufgeregt wegen des Besuchs bei der Polizei das Wichtigste des Tages in Kurzform durchgegeben hatte. Es wunderte Toni, dass Shirley keine große Überraschung an den Tag legte.

»Ich habe ihn nie gemocht«, sagte sie, während sie bereits nach der Telefonliste kramte. »Ich kann noch nicht einmal sagen, wieso. Er war irgendwie undurchsichtig und er verabscheute mich. Das ließ er mich deutlich spüren.«

»Warum hast du mir das nie gesagt?«, fragte Toni schockiert. »Ich hätte dafür gesorgt, dass es aufhört.«

»So schlimm war es nicht. Ich bin so etwas gewohnt. Außerdem war es nicht zu übersehen, dass du ihn mochtest.«

»Du hättest es mir trotzdem erzählen sollen«, erwiderte Toni, in der sich das schlechte Gewissen regte. Wie hatte sie das übersehen können?

Als sie nun mit den anderen im Büro saß und auf das wartete, was Ben zu sagen hatte, war ihr Unmut über sich selbst noch nicht verflogen. Nicht zum ersten Mal beschlich sie das Gefühl, als Chefin ihrer Truppe versagt zu haben. Eigentlich hatte sie in ihrem Leben nichts anderes machen wollen als Tauchen. Unter normalen Umständen wäre ihr nie in den Sinn gekommen, diesen Job hier anzunehmen. Allerdings hatte sie Mitarbeiter, die sich darauf verließen, dass sie ihn gut machte. Wenn das hier vorbei war, würde sie die verdammt beste Chefin werden, die die Shipwreck Diving Company je gesehen hatte.

»Brad Hampton hat die Firma in den letzten Monaten um mindestens 35.000 Dollar betrogen«, hörte sie Ben in ihre Gedanken hinein sagen. »Wie hoch der Schaden wirklich ist, müssen Toni und ich noch herausfinden.«

Er hatte sie mit einbezogen. Das war nicht selbstverständlich. Toni warf ihm einen dankbaren Blick zu, den er allerdings nicht registrierte.

»Wow, das ist übel«, sagte Stacey, die ihre sonst immer so lässige Haltung, die signalisieren sollte, dass sie nichts wirklich interessierte, aufgegeben hatte und sich gespannt nach vorne beugte.

»Ich habe mit ihm zusammengearbeitet«, meldete sich Kelly zu Wort. »Davon habe ich nichts bemerkt.«

»Wir alle haben mit ihm gearbeitet«, korrigierte Cindy sie. »Als Arbeitskollege war er super.«

»Fest steht, dass er Buchungen, die über die Standorte getätigt und dort in bar bezahlt wurden, nur zu einem Bruchteil im Büro abgerechnet hat. Aber die Polizei hat bereits herausgefunden, dass das Kartenlesegerät ebenfalls manipuliert sein könnte«, unterbrach Ben ihr Geplänkel.

»Deswegen war er immer so scharf darauf, die Buchungsbestätigungen ins Büro zu bringen«, sagte

James, dem offenbar ein Licht aufging. »Ich fand das immer wahnsinnig nett von ihm. Vor allen Dingen, da jeder nach Feierabend froh ist, so schnell wie möglich nach Hause zu kommen.«

Ben beobachtete die Reaktionen. Es war nicht zu übersehen, dass er die Lage im Griff hatte, so wie seit dem ersten Tag, an dem er hier angekommen war. Aber irgendetwas an seiner Haltung war weicher geworden. Verständnisvoller, vielleicht verzeihender. Toni beschlich eine Ahnung, dass das wahre Wesen von Ben Adams immer mehr zum Vorschein kam. Sie fragte sich, wie viel Anteil sie daran hatte. Allerdings würde er sicher nicht mehr lange genug hier sein, um das herauszufinden.

»Ich weiß, dass die Situation im Moment schwierig ist, weil wir alle Arbeitsabläufe neu überdenken müssen«, fuhr Ben fort. »Versteht das bitte nicht als Misstrauen, aber das soll auf keinen Fall noch einmal passieren. Daher bitte ich um euer Verständnis, wenn wir die Zügel in den nächsten Tagen ein wenig anziehen werden.«

Ben schwieg, um den anderen die Möglichkeit zu geben, das untereinander zu diskutieren. Er nahm die Hände aus den Taschen und setzte sich auf den Stuhl neben dem Wasserspender. Sein Blick ruhte plötzlich auf Toni. Sie konnte ihn nicht deuten. Sie hatte das Gefühl, dass er etwas von ihr erwartete und stand langsam auf, während sie versuchte, ihre Gedanken zu sortieren.

»Viele von euch wissen, dass ich Brad gemocht

habe«, begann sie. Erst hatte sie befürchtet, nichts sagen zu können, wunderte sich dann aber, wie kräftig ihre Stimme dennoch klang. »Was passiert ist, empfinde ich als großen Verrat. Daher möchte ich mich bei euch für euer Vertrauen und eure gute Arbeit bedanken. Ich hoffe, dass wir das gemeinsam wieder in den Griff bekommen.«

Ben nickte ihr unauffällig zu. Sie hatte das Richtige getan.

»An uns soll es nicht liegen«, sagte Paul, dessen sonniges Gemüt Toni immer gefallen hatte. Er und Stacey bildeten die perfekte Allianz.

»Wir wollen euch nicht vom Feierabend abhalten«, sagte Ben, der sich wieder erhoben und neben Toni gestellt hatte. »Wir überlegen, wie wir alles in Zukunft organisieren werden. Fest steht auf jeden Fall, dass die Umsätze gut sind, auch wenn sie nicht da angekommen sind, wo sie hingehört hätten. Ich hoffe, das ist für euch Beruhigung genug, damit ihr euch keine Gedanken über den Fortbestand der Filiale machen müsst.«

Alle klopften zustimmend mit den Fingerknöcheln auf den Tisch. Allgemeine Aufbruchstimmung kam auf. Toni trat beiseite, als ihre Mitarbeiter an ihr vorbei aus dem Raum gingen, nicht ohne ihr hier und da auf die Schulter zu klopfen oder sie zu umarmen. Gestern war sie fast noch an ihrer Situation verzweifelt. Daher tat es besonders gut, nun solch eine positive Resonanz zu bekommen.

Als alle den Raum verlassen hatten, wurde ihr bewusst, dass sie nun wieder alleine mit Ben war, ohne

Papierkram erledigen zu müssen oder widerrechtlich ein Haus zu betreten. Wie konnte sie mit ihm reden, wenn ihr einziger Wunsch war, sein Gesicht zu küssen und seine Hände zu spüren, die über ihren Körper glitten? Jetzt, wo der Druck von ihr abgefallen war, spürte sie seine Präsenz wieder überdeutlich. Sie hob den Kopf, um ihm in die Augen sehen zu können und hoffte, darin ein Zeichen zu erkennen, das sie aus ihrer Qual befreien würde.

»Also los«, sagte er nur. »Wir haben noch viel zu tun.«

»Das Restaurant wird mir wirklich fehlen«, sagte Ben, als sie zwei Tage später zusammen im *Joey's* beim Dinner saßen.

Er hatte sich einen Krabbencocktail mit Brötchen bestellt, eine Spezialität an der Chesapeake Bay. Toni konnte die glibberigen Dinger nicht ausstehen, brachte es aber nicht übers Herz, ihm das Essen zu vermiesen. Sie stocherte in ihrer Lasagne, die sie normalerweise gerne aß, aber der Abend, der sich lustig gestalten sollte, war überschattet von etwas, wovor sie bereits seit Anfang der Woche bangte. Ben würde Fine Falls morgen früh verlassen.

»Sag bloß, so was gibt es nicht bei euch in Florida«, nuschelte Nancy zwischen zwei Bissen. Sie hatte wie gewöhnlich die Paella genommen. Toni zog sie wegen ihrer kulinarischen Einfallslosigkeit oft auf, aber nicht einmal das wollte ihr heute Abend über die Lippen kommen.

»Ich komme nicht aus Florida«, erwiderte Ben und nahm einen Schluck von seinem Gingerale.

»Aber eure Zentrale ist doch dort?«, fragte Toni.

»Deswegen muss ich nicht da wohnen«, antwortete er. »Zumindest heutzutage nicht mehr. Ich habe meine Zelte auf Chuuk Lagoon aufgeschlagen. Weißt du, wo das ist?«

Seine Frage klang keinesfalls herablassend, machte Toni dennoch wütend. Sie wusste es zwar wirklich nicht, aber das gab ihm nicht das Recht, das anzuzweifeln.

»Warum setzt du automatisch voraus, ich wüsste es nicht?«, fragte sie kampflustig.

»Es liegt in Mikronesien. Das ist ein Inselgebiet im Pazifik«, entgegnete er ruhig, ohne auf Tonis Frage einzugehen. Er hatte davon abgesehen, sie bloßzustellen, selbst wenn es nur vor Nancy gewesen wäre. »Wir haben eine Filiale dort.«

»Das hört sich traumhaft an«, sagte Nancy, die offenbar wusste, wo dieses mysteriöse Chuuk Lagoon lag. »Meine Eltern waren schon einmal dort. Du bist zu beneiden.«

»Was machst du da? Marketing?«, fragte Toni.

Es sollte so ironisch klingen, wie es sich anhörte. Toni hatte Ben noch immer nicht verziehen, dass er sie anfangs angelogen hatte, auch wenn er sich die letzten zwei Tage großartig verhielt.

»Tauchen«, erwiderte Ben kurz. »Genau das, was ich immer machen wollte.«

Es hörte sich für Toni merkwürdig an, als der Mann ihrer Träume genau die Glaubenssätze formulierte, denen sie selbst nacheiferte. Sie hatte Ted Mulligan einmal erzählt, dass das alles war, was sie machen wollte. Er hatte wohlwollend gelächelt und gesagt, dass es schön sei, ein Hobby zu haben, aber sie solle doch ihre Zukunft auf etwas Lukrativerem aufbauen. Ben erschien Toni wie die andere Seite eines gefüllten Kekses, der genau zu ihr passte. Sie befürchtete, er könne ihre Gedanken vielleicht erraten, und nahm schnell einen Bissen von ihrer Lasagne.

»Tauchgänge leiten?«, fragte Nancy das, was Toni eigentlich hatte fragen wollen.

»Ja. Ich bin bei jeder Gelegenheit draußen auf dem Wasser. Du solltest mal kommen.«

»Vielleicht mache ich das sogar«, neckte Nancy ihn.

Sie versetzte Toni unter dem Tisch einen Tritt, jedoch blickte die weiter stur auf ihren Teller. Sie hätte lieber Bens ganze Schale Krabben gegessen, als darauf zu reagieren. Wenn Ben nicht auch sie einladen wollte, sollte er es lassen.

»Gibt es was Neues über Brad?«, fragte sie in der Hoffnung, das Gespräch wieder auf ein neutraleres Terrain zu lenken.

»Weiterhin spurlos verschwunden«, antwortete Ben. »Die Polizei macht mir nicht viel Hoffnung, dass sie ihn finden. Wenn er über die Staatsgrenze ist, werden wir sicher nichts mehr von ihm hören. Außerdem wissen wir nicht, welcher Identitäten er sich sonst noch bedient.«

Toni dachte an letzten Samstag, als Brad und sie sich bei ihrer Party unterhalten hatten. Wie sehr hatte sie sich damals gewünscht, dass er sie nach einem Date fragen würde. Warum hatte er das getan? Sie vermutete, nie eine Antwort auf diese Frage zu bekommen.

»Was sagt dein Vater zu den Verlusten?«, fragte Nancy, die wieder die Karte studierte, um sich einen Nachtisch auszusuchen.

»Er ist natürlich nicht begeistert«, antwortete Brad. »Aber wir haben alles zusammengerechnet und festgestellt, dass der Standort hier in Fine Falls durchaus ein Erfolg war. Daher gibt es keinen Grund, die Filiale zu schließen.«

Er schaute Toni an und schenkte ihr eines seiner seltenen Lächeln. Sie hatten die letzten zwei Tage intensiv am Marketing des Standortes gearbeitet und zum ersten Mal fühlte Toni sich gut vorbereitet auf das, was auf sie zukam. Sie hatte Bens Vorschlag angenommen, Shirley mit anspruchsvolleren Aufgaben zu betrauen und zur Stellvertreterin zu machen, was diese mit Bescheidenheit, aber leuchtenden Augen annahm. Nicht nur, weil es eine Steigerung ihres Gehalts bedeutete, sondern auch eine Wertschätzung ihrer ganzen Person war, die sie so nicht von ihrer Mutter bekam. Diese neue Verantwortung tat ihr gut. Sie hatte sogar ihre Mutter energisch in die Schranken gewiesen, als diese gestern vorbeikam, um sich bei ihrer Tochter über das Leben im Allgemeinen und über den Besitzer des kleinen Supermarkts an der Ecke der Jefferson im Speziellen zu beklagen. Mathilda Stevens bekam freundlich, aber bestimmt die Tür gewiesen. Toni hatte keinen Zweifel daran, dass Shirley sich in Zukunft durchsetzen konnte.

»Chuuk Lagoon«, kam Nancy noch einmal auf das vorherige Thema zurück. »Warum ausgerechnet diese Insel? Du könntest doch überall wohnen, wenn du wolltest.«

Hatte Toni sich verguckt oder verdüsterte sich Bens Gesicht für einen kurzen Moment. Sie wünschte, Nancy würde das Thema lassen. Bens Gründe, gerade dorthin zu gehen, waren etwas so Privates, von dem sie nicht glaubte, dass es ihr zustand, danach zu fragen. Nancy litt nicht unter dieser Art von Diskretion. Sie sagte immer, wenn man etwas erfahren wolle, müsse man danach fragen. Toni erwartete eine ausweichende Bemerkung, aber überraschenderweise antwortete Ben auf diese Frage.

»Es bot sich damals an. Wir hatten dort gerade eine Tauchbasis eröffnet und ich wollte zu der Zeit dringend das Land verlassen.«

»Gesuchter Verbrecher?«, fragte Nancy amüsiert.

»Betrogener Ehemann«, entgegnete Ben kurz.

Toni ließ die Gabel sinken, mit der sie die ganze Zeit ihr Essen über dem Teller verteilt hatte. Sie versuchte seit Tagen, etwas über Ben herauszufinden. Nancy fragte bloß und bekam sofort eine Antwort. Vielleicht war an der Theorie ihrer Freundin, einfach zu fragen, doch etwas dran.

»Also brauchtest du einen Tapetenwechsel«, stellte Nancy nüchtern fest. Sie trat noch einmal unter dem Tisch nach Toni. Diese funkelte sie wütend an. Das hatte wehgetan. Und was glaubte Nancy, was sie jetzt tun sollte? Über den Tisch springen, um sich an Bens Hals zu werfen? Leider konnte sie das ihre Freundin erst nach dem Essen fragen.

»Den habe ich sicher gebraucht«, sagte Ben. »Welcher Ort wäre besser dafür geeignet, wenn man Abstand braucht, um sich über gewisse Dinge klar zu werden?«

»Zum Beispiel keine Beziehung mehr einzugehen und nur noch Affären zu haben?«, fragte Nancy zurück.

Jetzt war eindeutig der Moment gekommen, ihrer Freundin den Hals umzudrehen. Oder auf der Toilette zu verschwinden. Da Ersteres nicht möglich war, ohne einen Tumult zu veranstalten, erhob sich Toni ruckartig. Die Beine ihres Stuhls schabten über den Boden. Es war ein lautes Geräusch, bei dem sich sogar einige Gäste umdrehten.

»Ich muss in den Waschraum«, sagte Toni.

Sie wandte sich zur Garderobe, hinter der sich die Toiletten befanden, und versuchte, ihren Schritt zu mäßigen und aufrecht und beherrscht zu gehen. Es fiel ihr nicht leicht. Am liebsten wäre sie gerannt, um der Situation so schnell wie möglich zu entkommen. Aber sie hatte sich mit ihrem Auftritt wahrscheinlich schon genug blamiert.

Der Waschraum des *Joey's* erinnerte sie an ihre Zeit in Sommercamps. Die Wände und die Decke waren holzgetäfelt. Selbst die Toilettenbrille war aus Holz. Aber alles war penibel sauber, obwohl der Geruch von feuchtem Wald in der Luft lag. Toni drehte an einem der Wasserhähne und ließ sich kaltes Wasser über die Handgelenke laufen. Sie hatte das Gefühl, innerlich zu verbrennen, doch der Blick in den Spiegel bestätigte ihre Vermutung nicht. Ihre Wangen waren zwar rosig unter ihrem auch im Winter leicht gebräunten Teint, aber sie glühten nicht, wie sie befürchtet hatte. Am liebsten hätte sie ihren Kopf unter den Wasserhahn gesteckt, um wieder einen klaren Gedanken fassen zu können. Gott sei Dank hielt ihr Überlebensinstinkt sie davon ab. Ben hatte sie bereits einmal mit verklebtem Make-up gesehen. Diesen Triumph wollte sie ihm nicht noch einmal gönnen.

Sie betrachtete sich im Spiegel und plötzlich wurde es ihr klar. Sie liebte diesen Mann mit den braunen Augen, der widerspenstigen Haarlocke und der kleinen, steilen Falte auf der Stirn. Und morgen würde er sie verlassen und sie ihn nie wiedersehen. Sie spürte, wie sich Tränen in ihren Augenwinkeln sammelten, und benötigte ihre ganze Kraft, diese zurückzuhalten. Sie würde sich keine Blöße geben vor einem Mann, dessen Wunsch es war, mit ihr nur eine Affäre zu haben.

Sie trocknete sich die Hände und Arme ab und warf das Papierhandtuch in den Eimer, der neben dem Waschbecken stand. Der Abend war fast vorbei. Sie musste nur noch ein wenig durchhalten. Sobald Nancy ihren Nachtisch gegessen hatte, würden sie sich verabschieden und sie müsste Ben Adams nie wiedersehen.

Sie atmete ein paarmal ein und aus, bis sie merkte, dass sich ihre Atmung normalisierte. Dann stieß sie die Tür auf und ging an der Garderobe vorbei zurück zum Tisch. Nancy war nicht mehr da. Ben blickte auf, als sie zurückkam.

»Ich habe schon bezahlt«, sagte er. Seine Stimme klang vollkommen ausdruckslos. »Können wir gehen?«

Toni nickte und folgte ihm aus dem Lokal.

Sie gingen schweigend ein Stück zusammen die Straße hinunter bis zu den Parkplätzen an der Ecke. Hier stand Bens Mietwagen. Sie blieben stehen und Ben drehte sich zu ihr.

»Toni, wegen dem, was zwischen uns passiert ist ...«, begann er.

»Du brauchst deine Freiheit«, unterbrach ihn Toni. »Ich verstehe das. Wenn man schlechte Erfahrungen gemacht hat, ist es nicht so einfach, sich wieder auf einen Menschen einzulassen. Du kannst jetzt tun, was du willst. Geh, wohin du willst. Ich bin dankbar dafür, dass du mir geholfen hast.«

»Ich glaube nicht, dass du mich wegschicken willst«, erwiderte er. Seine Augen schimmerten im Licht der Straßenlaterne.

Toni schluckte ihre Angst hinunter, wie dieser stolze Mann auf eine Ankündigung ihrer Gefühle reagieren würde. Sie blickte in Bens Gesicht, und was sie dort sah, wischte alle Zweifel weg.

»Das will ich auch nicht«, sagte sie. Ihre Stimme zitterte, aber sie wusste, dass sie das Richtige tat. »Ich liebe dich, Ben Adams, und ich verstehe, wenn du mich nicht ...«

Toni konnte ihren Satz nicht beenden, weil ihre Lippen von Bens heißem Mund umschlossen wurden. Sie griff nach oben und streichelte seine Wange, ihre Augen standen voller Tränen.

»Ich habe nicht aufgehört, an den Tag zu denken, als wir in Rose Haven waren«, sagte er, während er ihre Augen mit Küssen bedeckte. »Und wegzugehen und dich hierzulassen, kann ich mir nicht vorstellen.«

Toni atmete ein, ihr Herz klopfte so laut, dass sie vermutete, er müsste es hören.

»Ich weiß, dass ich dich immer lieben werde. Es ist mir egal, wo du auf der Welt bist. Und wenn das bedeutet, dass ich dich gehen lassen muss, damit du wieder das tun kannst, was du liebst, dann muss es so sein.«

Ben stand still, starrte sie an, und sie biss sich vor Angst auf die Unterlippe. Sie mochte vielleicht gerade den größten Fehler ihres Lebens gemacht haben, aber so musste es sein, und sie war bereit, abgewiesen zu werden.

»Mein Leben auf Chuuk Lagoon ist all das, was ich mir für mein Leben vorstelle«, sagte er sanft. Seine Stimme war tief, sinnlich und intim.

»Das weiß ich. Es ist in Ordnung für mich. Ich wollte dich nur nicht gehen lassen, ohne dir zu sagen, wie ich fühle. Vielleicht kommst du eines Tages wieder zurück. Ich warte hier auf dich.«

Ben antwortete nicht, aber er schob ihre Finger von sich weg, sodass er ihr Gesicht streicheln konnte, wobei sein Blick von ihren tränengefüllten Augen bis zu ihrem zurückgebundenen Haar wanderte.

»Ich konnte nicht glauben, dass die Frau, die ich liebte, fähig war, mich zu betrügen. Ich war in meine Frau verliebt, Toni, aber sie hat mich offenbar nicht geliebt. Es war schwer, davon loszukommen. Meine Antwort ist Nein. Ich will nicht, dass du auf mich wartest.«

Tonis Atem blieb ihr in der Kehle stecken, aber er legte einen Finger auf ihre Lippen und lächelte, wodurch der Schrecken gemildert wurde.

»Als ich die letzten Tage mit dir verbracht habe, wusste ich sofort, dass ich die Frau, in die ich mich verliebt habe, nicht verlassen kann.«

Er grinste sie an und beugte sich nach vorne, sodass seine beiden Hände ihr Gesicht umfassen konnten, während ihr erneut Tränen in die Augen stiegen.

»Ich liebe dich viel zu sehr, um dich zurückzulassen. Ich brauche dich, Toni. Ich brauche dich so sehr. Was würdest du sagen, wenn du mit mir nach Chuuk Lagoon kommst?«

Toni merkte, wie all ihre Anspannung von einem Moment zum anderen von ihr abfiel. Sie blickte zu ihm hoch und stellte sich vor, wie es wäre, sein Gesicht jeden Tag sehen zu dürfen.

»Sofort«, sagte sie. »Aber du weißt, ich habe Schulden, die ich abbezahlen muss. Ich muss Geld verdienen.«

»Dafür finden wir eine Lösung. Gemeinsam«, erwiderte er sanft. Seine Arme schlangen sich enger um sie, fast so, als hätte er Angst, sie würde auf einmal davonfliegen. »Du vergisst, dass ich auch Geld habe. Deine Schulden kannst du bei mir abarbeiten, und zwar für den Rest unseres gemeinsamen Lebens.«

In Toni regte sich der Widerspruchsgeist, sie wollte aufbegehren, aber in seinem Gesicht sah sie nichts anderes als Liebe.

»Ich habe noch nie ein so überwältigendes Gefühl der Zugehörigkeit empfunden wie in diesen wenigen Tagen, die ich mit dir verbracht habe«, fuhr er fort. »Ich wusste nicht einmal, dass ich danach suchte. Dein Herz ist mein Leuchtfeuer nach Hause. Wo auch immer du bist, ich bin da, wo ich sein möchte. Bring mich nach Hause, Toni. Bring mich nach Hause.«

Toni blickte in sein Gesicht, das so voller Ernst und gleichzeitig Zärtlichkeit war, dass es ihr Herz tief berührte. Sie erzitterte vor Rührung, als Ben sie hochhob. Er wirbelte sie herum und setzte sie dann wieder auf dem Boden ab.

Sie standen fast auf der Mitte der Straße. Sie fassten sich gegenseitig an den Händen, drehten sich wie toll im Kreis, hielten sich dann an den Köpfen fest und lachten vor Vergnügen, bevor sie sich in die Arme fielen, ihre Lippen zu einem leidenschaftlichen Kuss aufeinandergepresst.

Es war ein perfektes Bild.

KAPITEL 13

Toni lehnte sich in dem gepolsterten Sitz zurück und legte ihre Beine auf ihr Handgepäck. Sie beobachtete die Menschen, die eilig am Gate vorbeiliefen. Toni hatte es nicht eilig. Jetzt nicht mehr. Denn sie war längst angekommen. Dabei spielte es keine Rolle, dass sie am Flughafen von Baltimore noch eine Stunde auf ihren Flug warten musste.

Ben hatte eine Weile in einem Buch gelesen, während Toni ihren Kopf in seine Halsbeuge legte und einfach nur ihr Leben genoss. Auf etwas anderes konnte sie sich im Moment nicht konzentrieren. Wenn sie alleine hätte fliegen müssen, wäre sie wahrscheinlich nie am Ziel angekommen. Gott sei Dank hatte Ben seinen Flug umbuchen können, um ein paar Tage später mit Toni zu fliegen. Nun war er auf dem Weg in den Duty-free-Shop, um nach Mitbringseln für die Geschwister Alisha und Alamo zu suchen, mit denen er auf Chuuk Lagoon arbeitete. Beide hatte Toni gestern Abend via Skype bereits kennengelernt und war überrascht von der Herzlichkeit gewesen, die sie ihr entgegenbrachten. Das gab ihr das Gefühl, zu Freunden zu kommen, was ihr den Abschied von Nancy, ihren Mitarbeitern und Fine Falls einfacher machte.

Nicht, dass es besonders leicht gewesen wäre. Nancy weinte nahezu drei Tage durch, was Toni besonders deswegen erschreckte, weil sie ihre beste Freundin selten rührselig, sondern immer beherrscht kennengelernt hatte. Sie wünschte, sie hätte Nancy überzeugen können mitzukommen, sah aber ein, dass diese Idee nicht durchführbar war. Nancys Leben spielte sich in Fine Falls ab, und ihre Kollektionen waren auf dem besten Weg, auch überregional Anklang zu finden. Daher verstaute Toni ihren egoistischen Wunsch in die hinterste Schublade ihrer Gedanken und nahm Nancy das Versprechen ab, im Sommer nach Chuuk Lagoon zu kommen, um sie wieder in die Arme schließen zu können.

Tonis Smartphone klingelte in den Tiefen ihres Rucksacks. Sie grinste. Wahrscheinlich war das schon ihre Freundin, die wissen wollte, ob es ihr immer noch gut ging. Sie zog das Handy aus der Seitentasche und blickte auf das Display. Ein Anruf ohne Rufnummernerkennung. Normalerweise hätte Toni nicht abgehoben, aber seit Neuestem fühlte sie sich allem gewachsen.

»Halliday«, meldete sie sich.

»Hallo, Toni«, sagte eine Stimme, die sofort eine ganze Flut an Erinnerungen in ihr auslöste.

»Brad«, erwiderte sie tonlos. Ihre Augen suchten das Gate ab in der Hoffnung, dass Ben aus der Menschenmasse auftauchte. Aber er war nicht zu sehen.

»Wo bist du?«, fragte sie, obwohl ihr klar war, dass sie darauf keine zufriedenstellende Antwort bekommen würde.

»Weg«, antwortete er überflüssigerweise. »Warum, weißt du jetzt sicher schon.«

»Allerdings«, erwiderte Toni und spürte Wut in sich aufsteigen. »Wie konntest du es wagen, mich so zu hintergehen?«

»Das tut mir leid«, sagte Brad und es klang sogar ehrlich. »Du sollst nur wissen, ich habe dich wirklich gemocht.«

»So gemocht, um in Kauf zu nehmen, dass man mich beschuldigt?«, fragte Toni. Sie blickte auf ihre freie Hand, die leicht zitterte. Jedoch vor Zorn, nicht wegen ihrer Gefühle für Brad. Diese hatten sich ins Nirwana verzogen, wo sie ihrer Meinung nach auch hingehörten.

»Bestimmt kommst du noch aus dieser Sache heraus. Sie können dir nichts beweisen.«

»Ich *bin* schon raus«, entgegnete Toni. »Dein plötzliches Verschwinden war extrem hilfreich.«

»Ich konnte nicht riskieren aufzufliegen«, sagte Brad. »Leider hat es nicht funktioniert. Eigentlich war es die perfekte Lösung. Dieser Adams muss ganz schön auf dich stehen, wenn ihn die Beweise gegen dich nicht überzeugt haben.«

»Vielleicht lag es auch daran, dass du dich unter falschem Namen eingeschlichen hast.«

»Das wisst ihr also auch schon?« Brad lachte kurz auf. Toni konnte nicht feststellen, ob es spöttisch oder verärgert klang. »Danke für den Hinweis, dann sollte ich den jetzt nicht mehr benutzen.«

Einen kurzen Moment ärgerte sich Toni über sich selbst. Hätte man Brad ohne ihre vorschnelle Auskunft schnappen können? Sie war einfach zu impulsiv und dachte nicht immer über das nach, was sie sagte oder tat.

»Aber selbst wenn, wäre es fast unmöglich, dass sie mich kriegen«, sagte Brad, als hätte er ihre Gedanken gelesen. »Der Datenaustausch zwischen den Bundesstaaten klappt nicht besonders gut, solange du kein Serienmörder bist.«

»Brad, was willst du?«, fragte Toni. Sie hatte keine Lust mehr auf dieses Gespräch, das offensichtlich zu nichts führte.

»Ich wollte mich von dir verabschieden«, antwortete er. »Du warst etwas ganz Besonderes für mich, ganz egal, was passiert ist. Pass auf dich auf, Toni.«

In der Leitung knackte es. Brad hatte aufgelegt. Toni schaute auf und sah Ben auf sich zukommen.

»Alles gut?«, fragte er.

»Wunderbar«, antwortete Toni nur.

NACHWORT

Vielen Dank

Vielen Dank, dass Sie mein Buch gekauft haben.

In einer Welt, in der jeden Tag so viele Bücher publiziert werden, ist es für mich etwas Besonderes, wenn Leser mein Buch kaufen.

Über ein paar nette Worte in einer Rezension, den sozialen Medien oder einfach im Gespräch mit einem Freund, würde ich mich sehr freuen.